LE TRAPPISTE
d'Aiguebelle,

PAR CHARLES-HENRI D'AMBEL.

PARIS.

HIPPOLYTE SOUVERAIN, ÉDITEUR.

1832.

Le
TRAPPISTE
D'AIGUEBELLE.

Imprimerie d'ÉVERAT, rue du Cadran, n° 16.

LE TRAPPISTE

d'Aiguebelle,

PAR CHARLES-HENRI D'AMBEL.

PARIS.

HIPPOLYTE SOUVERAIN, ÉDITEUR.

1832.

OPINION. — BUT.

Quelques hommes sont continens sans mérite ; d'autres le sont par vertu ; et je ne doute pas que plusieurs prêtres catholiques ne soient dans ce dernier cas ; mais imposer le célibat à un corps aussi nombreux que le clergé de l'église romaine, ce n'est pas tant lui défendre de n'avoir point de femmes que de lui ordonner de se contenter de celles d'autrui. Je suis surpris que dans tout pays où les bonnes mœurs sont encore en coutume les lois et les magistrats tolèrent un vœu si scandaleux.

— J.-J. ROUSSEAU, *Héloïse.* —

.... L'autorité civile a le droit incontestable de ne pas sanctionner les usages et les réglemens d'associations particulières lorsqu'elle les croit contraires à ses intérêts.

— GRÉGOIRE, ex-évêque de Blois, *Histoire du mariage des Prêtres.* —

Parmi les abus qui dégradent l'édifice social, il en est un grave par sa nature, immense par ses résultats, et redoutable par son ancienneté ; un abus objet depuis plusieurs siècles de la sollicitude des gouvernemens, des sévères réflexions des philosophes et des plaintes des véritables amis de l'humanité; un abus sur lequel il est temps enfin d'apporter une réforme salutaire si l'on veut assurer l'avenir de la France et prévenir à jamais les sourds complots d'une milice active, nombreuse et implacable.

Je veux parler du célibat des prêtres.

Source intarissable de scandales et de souffrances, le célibat ecclésiastique est une plaie dans le corps politique, une monstruosité en législature et une cause permanente de désordres au sein de la société, dont elle a plus d'une fois compromis l'existence.

Mon intention n'est point de soutenir ici une polémique contre une coutume barbare consacrée par la superstition et l'ignorance, maintenue par l'ambition des papes et supportée par la faiblesse des souverains. D'autres, avant moi, ont élevé la voix en faveur des droits imprescriptibles de la nature; d'autres ont plaidé la cause de la raison et celle de l'humanité.

Dès son origine, en effet, le célibat des prêtres a trouvé de nombreux adversaires : Vigilanie et Jovinien l'ont combattu avec force sous saint Jérôme ; Gui, archevêque de

Milan (1059), Wiclef (1356), les Hussites, les Bohémiens, Luther (1516), Calvin et les anglicans en ont secoué le joug. Pendant les guerres de religion, le cardinal de Châtillon, Spifame, évêque de Nevers, et quelques ecclésiastiques du second ordre ne craignirent pas de se marier publiquement.

Enfin de nos jours Warthon, l'abbé de Saint-Pierre, J.-J. Rousseau, Morin, Diderot, Cerati, et une foule d'autres ont évidemment prouvé les propositions suivantes :

« Le célibat des prêtres n'a été in-
» stitué ni par Jésus-Christ ni par ses
» apôtres ;

» Ce réglement de discipline n'a

» rien d'excellent en soi, et ne pro-
» cure aucun avantage à l'église ni
» à la religion chrétienne ;

» La loi qu'on impose au clergé
» est injuste et contraire à loi de Dieu;

» Enfin cette loi n'a jamais été
» prescrite ni pratiquée universelle-
» ment dans l'ancienne église; et l'u-
» sage d'ordonner prêtres des per-
» sonnes mariées a subsisté et subsiste
» encore dans les deux tiers du monde
» chrétien. »

L'église grecque permet le mariage de ses clercs(1), l'église réformée

(1) Cette faculté, admise dès le troisième siècle, fut spécialement confirmée par les conciles de Constantinople, en 692, et de Nicosée, en 1249.

a d'excellens pères de famille dans ses ministres; la communion catholique romaine seule est encore sous le joug imposé par l'ambition des papes.

En effet, sans la crainte de voir affaiblir leur autorité, les pontifes de Rome auraient-ils méconnu ainsi le véritable esprit de la religion? Auraient-ils oublié que sa mission est de persuader et non de forcer, qu'elle doit parler au cœur, donner beaucoup de conseils et peu de règles fixes; prodiguer les exhortations et être avare de lois; car où est la loi il n'y a plus de liberté; et il arrive qu'il faut sans cesse de nouvelles lois pour faire observer la première.

C'est ce que l'on remarque dans l'histoire du célibat des prêtres. Quand le célibat n'était qu'un conseil dans le christianisme, il était suivi sans effort et sans scandale ; quand il devint une obligation expresse pour un certain ordre de citoyens, il fallut chaque jour de nouvelles lois pour réduire les hommes à l'observation du principe ; chaque jour aussi sa violation donna lieu au désordre et au scandale; le législateur se fatigua et surtout fatigua la société pour faire exécuter aux ecclésiastiques par précepte et par force une pratique que ceux qui aiment la perfection ou sont doués d'une vertu supérieure auraient suivie d'eux-mêmes comme conseil.

Je n'entreprendrai donc pas de démontrer de nouveau des vérités reconnues par tous les esprits de bonne foi et sincèrement attachés au bonheur de leur pays ; mais je veux dérouler aux yeux de tous le tableau des souffrances auxquelles sont voués les malheureux esclaves de l'ambitieuse Rome; je veux essayer de faire connaître cette lutte continuelle de désirs sans cesse étouffés et sans cesse renaissans; je veux signaler à la raison publique ce déplorable aveuglement de la conduite des prêtres, qui use, flétrit, dégrade leur existence, les condamne aux souffrances les plus cruelles s'ils résistent, ou à l'opprobre et au mépris si, cédant aux besoins impérieux de la nature, ils oublient un seul instant les téméraires sermens faits aux pieds des autels.

L'anecdocte sur laquelle roule ce récit est véritable; les souffrances morales et les douleurs du corps, les craintes et les espérances, les désirs et les illusions des sens, les tourmens de l'amour et cette rapide ivresse du bonheur suivie des remords et du désespoir, ne sont point le fruit de mon imagination; un prêtre les éprouva, un prêtre y succomba, et plus d'un dans l'amertume de son cœur y reconnaîtra ses propres sensations. Car, j'en appelle à la conscience intime de tous les ecclésiastiques, en est-il un seul qui n'ait une fois en sa vie ressenti le désir d'être homme? En est-il un seul qui n'ait été poursuivi de l'inutile regret de ses vœux imprudens, qui n'ait nourri une criminelle pensée, conçue dans le secret du confessionnal, fortifiée dans le silence des nuits solitaires?

S'il en est un, qu'il se nomme, et je le proclame fou, malade ou imposteur.

Les circonstances qui m'ont initié aux secrets de ces cruels tourmens, heureusement inconnus aux autres hommes, furent le résultat du hasard.

En 1827, me rendant de Marseille

à Lyon, je m'écartai de la grande route pour visiter, dans le département de la Drôme, le couvent des trappistes d'Aiguebelle. Sur le point de quitter cet asile du fanatisme et des remords, je fus accosté par l'un des pères; il place son doigt sur ses lèvres, et, jetant autour de lui un regard inquiet, il me remet un rouleau de papiers: « Prenez, me dit-il, lisez et publiez; puisse mon triste exemple en sauver au moins un! »

A peine revenu de mon étonnement, je voulus répondre; mais déjà le père a disparu, et je restai seul tenant entre mes mains le manuscrit du prêtre.

Ce manuscrit, confident secret

des tourmens et des malheurs d'un homme né vertueux, était surchargé de ratures et écrit avec tout le désordre de son ame : je l'ai lu et j'ai pleuré.

Fidèle à la dernière prière d'un infortuné, je livre au public les aveux de sa faute et de ses remords ; heureux si je communique à mes lecteurs une partie de mon indignation contre un réglement de discipline absurde, un abus de pouvoir barbare et tyrannique.

Au nom de la raison et de l'humanité, je réclame l'abolition du célibat forcé des prêtres dans l'intérêt de l'état, dans l'intérêt de l'église romaine et enfin dans l'intérêt des ministres de la religion.

A l'état vous rendrez des pères de de famille donnant l'exemple des vertus, en même temps qu'ils les recommandent dans leurs discours; vous affranchirez la France du joug de Rome; vous rattacherez enfin à sa patrie une classe nombreuse de citoyens liés plus intimement à la chose publique et ne servant plus l'ambition d'une puissance étrangère.

Dans l'intérêt de la religion : vous enlevez aux ennemis du catholicisme un prétexte d'attaques et de calomnies; vous tarissez une source déplorable de fautes, de scandales et d'erreurs ; désormais l'amour de la religion ne serait plus affaibli dans le cœur des paysans de nos campagnes par la vue des faiblesses ou des souffrances de leurs pasteurs ; désormais les habitans de nos villes conserveraient entier le respect dû à des ecclésiastiques dont la conduite privée ne serait plus en opposition avec les préceptes de vertu et de morale qu'ils répandent du haut de la chaire; désormais enfin l'église n'aurait plus à rougir de ses ministres, et nos cours d'assises ne retentiraient plus des noms trop fameux des Contrafatto, des Mingrat et des Frilay.

Dans l'intérêt général des prêtres : et en effet, avec les institutions pour lesquelles la France vient de verser son sang, avec une véritable liberté des cultes, avec leur égalité aux yeux de la loi et de l'opinion, que devient le clergé catholique?

Dépouillés du prestige dont les environnaient naguère encore la superstition et l'ignorance des peuples, privés de l'injuste appui d'un gouvernement théocratique, les prêtres de la communion romaine, isolés dans la grande nation, n'ayant ni liens ni affections qui les attachent à la mère-patrie, vont être désormais au milieu de la France comme des parias voués à la haine des uns, au mépris des autres et à l'indifférence du plus grand nombre.

Qu'ils se marient; et si, comme prêtres ils sont trop souvent privés de la considération publique, si comme prêtres ils restent étrangers aux devoirs domestiques; comme citoyens, comme pères, comme époux, ils connaîtront les douceurs de la vie privée; ils auront des affections permises, des liens qu'ils pourront avouer, des intérêts qu'ils seront en droit de défendre.

Prêtres, ils feront partie de cette milice sacrée chargée de soutenir sur la terre les droits du ciel, et appartiendront encore à leur souverain spirituel; citoyens et Français, ils seront dévoués à leur patrie, ils reconnaîtront les lois qui régissent leurs frères, qui assurent leur bonheur et garantissent leur existence et leurs propriétés.

Ainsi, par un heureux équilibre, le clergé cessera d'être en état d'hostilité contre le pays qui le nourrit, contre le gouvernement qui le protége, contre les institutions qu'il jura de respecter. Ainsi il pourra concilier les droits de la nature et les devoirs de la religion, et observer en toute liberté les conseils de saint Paul aux Corinthiens.

Voilà une faible partie des avantages d'une réforme dont tout en

France fait une loi et dont deux siècles d'expérience dans la moitié de l'Europe ont prouvé l'importance et l'utilité.

Il appartient à un gouvernement véritablement constitutionnel de l'établir le plus promptement possible, autant pour le maintien du repos public que pour la complète sécurité de tous les droits et de tous les intérêts.

Puisse ma voix être entendue ! puissent mes souhaits être exaucés, et nul en France être désormais exposé aux combats et aux souffrances que je vais essayer de décrire.

LE

TRAPPISTE

D'AIGUEBELLE.

3

[illegible]

[illegible]

I.

PROJET.

Mes discours sortiront de la simplicité de mon cœur, et mes lèvres ne prononceront que la pure vérité.

— JOB, chap. XXXIII, ℣. 3. —

Projet.

Que vais-je entreprendre? Quelle nouvelle illusion s'empare de mon esprit? Pourquoi dévoiler à un monde indifférent et moqueur mes combats, mes souffrances et ma honte? Pourquoi dérouler à ses yeux le tableau de cette longue et douloureuse lutte qui précéda une première faute, et lui parler des remords qui la suivirent? Ne serait-ce pas une dernière suggestion de cet éternel ennemi du ciel, de cet ange déchu, qui a juré haine à l'homme né de la femme?

N'importe : mon intention est pure; connues, mes souffrances peuvent être utiles à mes semblables, et j'aurai la force de les rappeler tout entières. Ah ! puissent-elles en préserver un seul, et je bénirais la main qui s'est appesantie sur moi.

Je vais écrire sans art et sans méthode; j'invoquerai mes souvenirs déchirans. Je ne raconterai rien qui puisse captiver l'attention, exciter l'intérêt; mais j'aurai dit tout ce que mon cœur, mon esprit, mes sens, ont éprouvé de combats affreux; j'aurai retracé mon aveuglement et mes inutiles regrets, ma lutte si douloureuse, ma faiblesse et mes remords. Combien se sont comme moi placés en opposition entre les devoirs de la religion et les exigences de la nature! menacés de maladie s'ils résistent à celles-ci, de honte et d'ignominie s'ils abandonnent ceux-là, malheur à eux! comme la mienne, leur vie sera un long combat. Comme moi ils maudiront l'existence, et dans l'amertume de leur cœur ils s'écrieront avec Job :

« Périsse le jour où je naquis, et la nuit en laquelle il fut dit : Un enfant mâle est né! »

Je vais donc soumettre mes pensées les plus intimes au jugement des hommes; mais que m'importe leur opinion? Être obscur et ignoré, j'ai passé inaperçu sur la terre, et ceux qui foulaient le même sol que moi ont oublié sans doute jusqu'à mon nom.

Dans l'asile où j'ai eu le courage de me réfugier leurs critiques ne sauraient m'atteindre; leur persiflage, si cruel pour l'homme du monde, ne saurait venir jusqu'à moi : je n'entends point leurs satires amères.

Quelques jours encore, et le souffle qui m'anime aura achevé de s'éteindre avec les désirs qui trop long-temps l'accompagnèrent; quelques jours encore, et de ce corps livré pendant quinze ans aux macérations et aux douleurs il ne restera que cendre et poussière.

II.

PREMIÈRES ANNÉES.

Mon fils, n'allez point avec eux ; gardez-vous bien de marcher dans leurs sentiers.

— *Prov. de Salomon*, chap. 1, ℣. 15. —

Si tu veux te damner, fais-toi prêtre.

— SAINT CHARLES BORROMÉE. —

Premières Années.

Je suis né dans le village d'Arvieux, au milieu des montagnes les plus élevées des Alpes.

Mon père était ce qu'on appelle un bon paysan ; c'est-à-dire que, simple et honnête laboureur, il cultivait à la sueur de son front un modeste héritage.

Je passerai rapidement sur les premières années de ma vie, quelques doux souvenirs que j'en aie conservés.

Chargé de la garde d'un troupeau sur les flancs escarpés de nos montagnes, j'étais aussi heureux qu'il est donné à un enfant de l'être.

Libre, indépendant, me livrant à un travail journalier et pénible, toutes mes facultés physiques se développèrent avec une rapidité étonnante : j'étais à quatorze ans aussi fort et aussi robuste que l'est ordinairement un jeune homme de dix-huit.

Dans les longues soirées d'hiver, se réunissaient chez mon père, mon oncle, vieux curé du village, et un de nos parens éloignés, vieillard respectable, ministre protestant du lieu. Quoique professant une religion différente, il était aimé, chéri au milieu de nous, et entouré de toute la vénération due à ses lumières et à ses vertus.

Il avait perdu sa femme de bonne heure, et restait seul avec sa fille unique, dont les tendres soins et les touchantes caresses lui rappelaient sans cesse une épouse chérie.

Marie avait deux ans de moins que moi, mais elle partageait tous mes jeux; et maintes fois, dans son naïf langage, elle avait dit qu'elle aimait bien son cousin Paul.

Nos soirées étaient agréablement entremêlées de douces causeries et de sages leçons que nous donnaient de concert et à l'envi le pasteur et le curé.

Ils ne s'écoulèrent que trop rapidement ces jours heureux de notre enfance! et bientôt arriva le temps de l'adversité et du malheur. Mon oncle le curé mourut, et fut remplacé par un jeune prêtre qui venait également à la maison de mon père; mais insensiblement le bon ministre et sa fille Marie cessèrent de paraître au foyer commun.

Le nouveau curé continua de me donner des soins; il me trouva de l'intelligence et de l'imagination, et persuada facilement à ma mère que je serais un sujet distingué dans l'église et qu'un jour l'on répéterait : « Heureuse celle dont les entrailles l'ont » porté. »

A cette époque mon frère revint de l'armée avec le signe de l'honneur sur la poitrine, des blessures nombreuses, et une modique pension. Il aimait depuis son enfance une jeune fille du village; il demanda sa main, l'obtint, et à l'agitation et aux dangers des camps succédèrent pour le vieux soldat le calme et les douceurs de la vie domestique.

Mon père ne jouit pas long-temps du bonheur de ses enfans ; atteint d'une maladie grave dont il méprisa d'abord le danger, il succomba bientôt à des douleurs aiguës qu'il supporta jusqu'au dernier moment avec la fermeté d'un philosophe et la résignation d'un chrétien.

Il mourut, et je restai seul avec ma mère, subjuguée tout entière par l'ascendant du curé.

Les éloges continuels que cet ecclésiastique me donnait, la perspective brillante qu'il ne cessait de présenter à mon imagination, achevèrent bientôt de me séduire, et malgré la répugnance marquée de mon frère, malgré les sages mais rares représentations du pasteur, je consentis enfin à être envoyé au séminaire d'Embrun.

Je garderai le silence sur les études de cet établissement; toutes sont dirigées de manière à donner les idées les plus fausses sur les hommes et sur les choses : le monde n'y est représenté que sous les couleurs les plus sombres et les plus propres à faire naître et à exalter des dispositions atrabilaires et farouches , dans des esprits naturellement simples et crédules.

« Le monde, nous répétaient sans cesse nos surveillans et nos maîtres, est une vaste arène où toutes les passions se livrent un éternel combat; et, par une fatalité réservée au siècle où nous vivons, l'implacable ennemi du genre humain semble avoir réuni toutes ses forces pour compléter sa corruption et sa ruine.

» Une jeunesse impie se déclare hautement

pour les maximes les plus perverses : honneur, piété, religion, ne sont plus que de vains mots qui excitent leur mépris et provoquent leurs blasphèmes.

» Des livres, d'autant plus pernicieux qu'une morale diabolique y est présentée sous les dehors les plus séduisans, et appuyée des sophismes les plus captieux, inondent l'Europe et font circuler dans toutes les veines du corps social le poison le plus subtil et le plus dangereux. »

« Puis nos maîtres ajoutaient : Dans sa miséricorde infinie Dieu a choisi quelques êtres privilégiés qui, ainsi que vous, mes chers enfans, sont appelés à ranimer le flambeau de la foi qui s'éteint, à relever la religion abattue, et à sceller même s'il le faut de leur propre sang la sublime vérité des saints mystères.

» Mais pour remplir une si glorieuse mission vous devez abjurer des lois profanes de liberté et d'équité; vous ne suivrez que la volonté divine, antérieure à tous les principes humains; vous réprimerez vos penchans, cela est agréable à Dieu parce que cela est pénible; vous étoufferez toutes vos passions, vous détruirez en vous l'homme de la nature pour y substituer l'homme de la grâce docile aux voies du Seigneur... »

. . . .

Parmi les supérieurs qui nous élevaient ainsi, je fis plus particulièrement connaissance avec le père R***, jésuite adroit et astucieux, qui, par une progression habilement ménagée, sut développer en moi un orgueil démesuré et acquérir sur mon esprit un pouvoir despotique. . . . .

Je fis des progrès rapides. Prôné, caressé, choyé, je me crus destiné à devenir une colonne de l'Eglise ; déjà dans mes rêves d'ambition et de fanatisme, je me voyais revêtu des plus hautes fonctions ; je laissais tomber mes regards superbes sur un peuple prosterné devant ma bénédiction épiscopale ; je m'enivrais de toutes les illusions de l'espérance et de la vanité.

C'est ainsi que sans expérience du monde où j'allais m'exposer, éloigné avec soin de toutes les occasions qui auraient pu servir d'épreuve à mon tempérament, rempli d'une pieuse ferveur, trompé par tous ceux qui m'entouraient, ayant en perspective une carrière de triomphes et d'honneurs, je parvins à l'âge fatal de vingt-cinq ans. Je subis alors ma destinée.

Je m'imposai par serment, fait aux pieds des autels, des devoirs dont j'ignorais toute l'étendue, et je renonçai à mes droits naturels avant que le sentiment qui porte à les exercer se fût développé en moi.

Je fus ordonné prêtre.., et, par une faveur insigne, envoyé comme curé aux lieux mêmes de ma naissance.

III.

VŒU.

C'est vers toi, Seigneur, que j'ai élevé mon ame; mon Dieu, c'est en toi que je mets ma confiance.

— *Psaumes de David*, xxv, ỷ. 1. —

Vœu.

Me voilà prêtre !...

Quelques mois à peine se sont écoulés depuis que, quittant les paisibles et sombres retraites du séminaire, je suis lancé au milieu de ce conflit de passions et d'erreurs, triste apanage de la faible et misérable humanité.

Pourquoi en mon esprit s'élève-t-il déjà quelques doutes sur mon nouvel état?

Pourquci des distractions involontaires viennent-elles troubler mes saintes méditations?

Pourquoi des idées qui doivent m'être étrangères, pourquoi des désirs qui sont presque des crimes viennent-ils troubler le repos de ma cellule?

Mon sort n'est-il pas fixé? mes devoirs ne sont-ils pas tous tracés? et ne dois-je pas accepter ma position avec toutes ses conséquences?

Ne suis-je pas l'élu du Seigneur? Dans sa miséricorde toute divine n'a-t-il pas jeté les yeux sur son indigne serviteur pour ramener au bercail les brebis égarées?

Apôtre de Jésus-Christ, ne suis-je pas chargé de distribuer le pain des forts?

L'ame ébranlée dans sa croyance n'attend-elle pas de moi des secours et des conseils?

Le pécheur qui sent le fouet du remords ne vient-il pas solliciter de moi l'indication de la piscine de salut qui doit le purifier?

Intermédiaire entre le ciel et la terre, ne dois-je pas montrer aux faibles mortels la route de notre céleste patrie?

Et si des tribulations me sont réservées, s'il me faut livrer des combats, ne sera-ce pas un droit de plus à la couronne immortelle?

O Dieu tout-puissant! Toi qui tiens en tes mains le sort des empires; toi qui pénètres dans les replis les plus cachés de nos ames, prends pitié de ton fidèle serviteur!

Conserve lui cette foi ardente qui s'élève au-dessus des doutes des hérétiques et des insinuations perfides des méchans.

Donne-lui cette force divine, cette force qui surmonte les épreuves sans nombre qui l'attendent dans cette vallée de misère et de larmes!

IV.

LE CÉLIBAT.

Le pontife prendra pour femme une vierge.

— LÉVITIQUE, chap. XXI, ℣. 13. —

Pour bonnes raisons l'Église avait défendu le mariage des prêtres occidentaux; mais il le leur fallut derechef permettre, pour d'autres causes meilleures et plus fortes, telles que le scandale que baillaient les prêtres incontinens et la disette de personnes continentes propres à exercer le ministère.

— *Paroles du pape Pie II.* — *Histoire du Concile de Trente*, par FRA PAOLO, 1645. —

Le Célibat.

Je reviens de la demeure du ministre ; j'ai passé chez lui la soirée.

Le vénérable pasteur était assis dans un large fauteuil placé auprès d'une table, autour de laquelle travaillaient sa fille Marie et deux jeunes garçons, dont le respectable vieillard formait à la fois et le cœur et l'esprit.

— Sois le bien-venu, Paul, me dit le vieillard en me tendant la main, et assieds-toi à notre foyer.

Je pris place en silence.

Le même jour avait été un jour de prêche ; le pasteur était fatigué, et, au lieu de faire lui-même la lecture habituelle, il se reposait dans une douce et familière conversation.

Marie, occupée à divers petits ouvrages de femme, répondait aux questions naïves des deux enfans avec une justesse, une clarté, une précision, qui décelaient combien son esprit était supérieur et savait se plier à la faiblesse de l'enfance.

Je conversais avec le ministre, et, préoccupé d'une idée fixe, je ramenai l'entretien sur le célibat des prêtres.

— Vous voulez absolument, mon cher Paul, me dit-il, connaître ce que je pense à ce sujet; c'est une grande question que celle-là, et l'un des principaux points de dissidence entre l'Église romaine et l'Église réformée; mon opinion froissera peut-être votre manière de voir; mais vous me demandez de vous parler avec franchise, je le ferai.

» J'ai cherché à dégager autant que possible mon esprit des préventions que devait nécessairement faire naître en moi la position où je me trouve; j'ai mûrement réfléchi aux argumens que vous m'avez maintes fois présentés, et voici le résultat de toutes ces réflexions:

» Il est évident à mes yeux que le célibat n'est pas attaché de droit divin aux ordres sacrés, et que jamais celui qui est notre père à tous n'a défendu que les prêtres se mariassent.

» Nulle part dans *la Genèse*, *l'Exode*, *le Deutéronome* et autres livres sacrés des Juifs, une pareille défense n'est portée ; nulle part l'on ne trouve une expression, un conseil, un exemple, un éloge en faveur du célibat des ministres du Seigneur. Bien au contraire, *le Lévitique* dit positivement, chap. XXI, ℣ 13 et 14 : « Le pontife, c'est-à-dire celui
» qui est le grand-prêtre parmi ses frères,
» prendra pour femme une vierge ; il n'é-
» pousera point une veuve ou une femme
» qui ait été répudiée ; mais il prendra une
» fille du peuple d'Israël. »

» Il était donc selon l'ancien Testament permis aux prêtres de contracter mariage, et Jésus-Christ dans le nouveau Testament n'a dicté aucun précepte sur cette matière.

» Or, mon jeune ami, quand l'apôtre saint Paul dit dans sa première épître à Timothée, ch. III, ℣. 2: *Oportet episcopum esse unicæ uxoris virum ;* — Il faut que l'évêque n'ait épousé qu'une femme, qu'il soit sobre, prudent, grave, modeste et chaste. — Et plus bas, dans son épître à Tite, ch. I, ℣. 6: — Choisissez pour prêtre celui qui serait irrépréhensible et dont les enfans sont fidèles, non accusés de débauche, ni désobéissans. — Il veut que les prêtres soient chastes ; mais il ne vient point, par mission divine, leur interdire le mariage, et l'on peut conclure avec assurance que les prêtres avaient lors de la primitive Église le droit de se marier.

» Plus tard, mon cher Paul, l'Eglise romaine, déterminée par des motifs d'ordre et surtout d'intérêt personnel, interdit formellement l'acte de mariage aux personnes promues aux ordres sacrés.

» Cette défense donna par la suite naissance à une foule de dissidens; les principaux furent les Grecs et les luthériens ou protestans.

» Les Grecs soutinrent qu'il n'est pas permis de se marier après avoir reçu l'ordre de la prêtrise, mais qu'il faut se marier avant de le recevoir pour ne pas s'exposer au danger de la séduction.

» Un nommé Vigilance fut le premier qui, au commencement du 5e siècle, enseigna publiquement cette opinion, qui fut accueillie ensuite vers l'an 700 par le faux synode de Constantinople : ce fut à cette époque que les Grecs introduisirent la coutume d'obliger les ecclésiastiques à se marier avant l'ordination.

» Les protestans de leur côté étaient d'avis qu'il est permis de se marier, même après avoir été reçu prêtre.

» Jovinien, en 390, se déclara le premier pour cette réforme ; Wiclef, en 1350, et plus tard Luther, Bèze et Calvin, soutinrent fortement ce principe, qui a été adopté depuis par les diverses communions de l'Église réformée.

» Cette question, de tous temps débattue, fut traitée par un très-grand nombre d'écrivains.

» Clictovée, qui combattit Luther, accorda par concession que, de droit divin, il était permis aux prêtres de demeurer avec les femmes qu'ils avaient épousées avant de recevoir l'ordre ; mais, qu'après l'avoir reçu, ils doivent vivre dans la continence sans pouvoir se marier.

» Il serait trop long, mon cher Paul, d'énumérer la foule de conciles et de synodes qui ont cherché à détruire ce qu'ils appelaient des hérésies (1).

» Il est à remarquer cependant, en parcourant l'histoire ecclésiastique de ces diverses

(1) Le célibat forcé des prêtres était si contraire à la loi de la nature, et trouvait, dès son origine, tant d'opposition parmi le clergé lui-même, qu'on fut obligé d'en renouveler l'obligation,

En 385, par les décrets du pape Cyrien,
400, par le concile de Tolède,
419, par celui de Carthage, canons 3 et 4,
441, — d'Orange,
452, — d'Arles,
461, — de Tours,
506, — d'Agde,
538, — d'Orléans,
829, — de Paris,
952, — d'Ausbourg,
1113, — de Latran,
1563, — de Trente, canon IX.

époques, combien était grande la fluctuation de sentimens et d'opinions dans laquelle se trouvait l'Église romaine elle-même, et combien de fois les défenses et réglemens portés par ses conciles furent annulés ou modifiés par les conciles suivans.

» Ainsi, le concile d'Ancyre, célébré l'an 314, dit expressément que les diacres qui ne déclarent pas dans leur ordination qu'ils veulent se marier ne le peuvent plus après avoir reçu l'ordre; et le concile de Néocésarée, qui fut tenu dans le même temps, ordonne que si le prêtre se marie, il soit dégradé.

» Le premier concile de Nicée, en 325, défend à l'évêque, au prêtre, au diacre, d'avoir en sa maison aucune femme, excepté sa mère, sa tante ou sa sœur. Le troisième concile de Constantinople, en 680, ordonne que l'évêque marié n'habite point avec sa femme. Le concile de Mayence, en 888, défend encore aux ecclésiastiques d'avoir avec eux aucune femme, non pas même leur mère ni leur sœur; et par un concile tenu à Rome, en 1075, Grégoire VII ordonna que tous les prêtres mariés fussent destitués. Enfin, le concile de Trente vint corroborer toutes les défenses portées par les précédens conciles.

» Mais ne croyez point que ce fut uniquement dans l'intérêt de la religion et de la morale que le concile de Trente se montra si rigoureux contre le mariage des prêtres. La réforme des mœurs en fut si peu le véritable motif, que le concile adoucit beaucoup les peines prononcées antérieurement contre le concubinage des ecclésiastiques, et qu'il se borna à prononcer anathème contre ceux qui ne croyaient pas le mariage incompatible avec les ordres sacrés.

» Aussi la nécessité du célibat fut-elle attaquée par les vieux prêtres qui, malheureusement, s'y trouvaient en minorité, et défendue avec succès par un jeune clergé ardent, intolérant et ambitieux.

» Quant aux motifs qui ont déterminé la cour de Rome à porter anathème contre le mariage des prêtres, ils résident tous dans l'esprit de suprématie et de domination universelle qui anima les évêques de Rome dès les premiers siècles qui suivirent l'établissement et le triomphe du christianisme.

» Et ici, mon cher Paul, permettez-moi de jeter un coup d'œil en arrière.

» Chacun sait qu'avant Constantin, les églises chrétiennes ne consistaient qu'en associations particulières, très-souvent proscrites, et surtout entièrement étrangères aux systèmes politiques. Dans ces temps de persécutions et de ferveur, les évêques n'aspiraient point à gouverner les états, et la seule couronne à laquelle ils prétendaient était la couronne des martyrs.

» Mais lorsque Constantin eut, le premier, permis aux églises d'acquérir des biens-fonds, *tandis* qu'il encourageait les particuliers à les enrichir par des legs pieux ; lorsque, par une suite de *donations et d'envahissemens* combinés toujours avec adresse et souvent avec audace, l'Église romaine fut devenue une puissance devant laquelle s'inclinaient toutes les puissances ; lorsque, oubliant que Jésus-Christ n'a établi aucune espèce de pouvoir temporel, déclarant que son royaume n'était pas de ce monde, les papes déposèrent les rois de la terre, délièrent les sujets *du serment de fidélité*, et mirent des royaumes en interdit ; lorsque la cour de Rome eut étendu ses ramifications *sur tous* les états du monde connu, et enveloppé les peuples dans un vaste réseau de superstitions, d'ignorance et de fanatisme ; alors, Paul, elle sentit la nécessité de défendre, au nom de Dieu, tout ce qui aurait pu tendre à affaiblir, dans ses ministres ou prêtres, une soumission aveugle, un dévouement sans bornes, et le célibat fut de nouveau, et plus rigoureusement que jamais, prescrit à tous les membres du clergé régulier et séculier. Car permettre le mariage des ecclésiastiques eût été détruire en quelque sorte tout cet édifice de puissance et de grandeur. Dès ce moment en effet, chaque prêtre, se renfermant dans sa mission toute divine, de prêcher la morale de Jésus-Christ, et de prodiguer aux malheureux les consolations d'une religion toute d'amour et de bonté, n'eût plus formé une milice permanente qui, détachée de tout intérêt de patrie, libre de tout soin de famille, pût se consacrer entièrement au service de la cour de Rome, et en étendre chaque jour la domination, la richesse et la puissance.

» Oui, mon jeune ami, je ne crains point de le répéter, le célibat des prêtres est à la fois le résultat et l'exécution du plan le plus habilement conçu dans l'intérêt du despotisme papal. Dans chaque prêtre il s'est créé un soldat continuellement soumis à ses ordres, et d'une obéissance d'autant plus aveugle que le fanatisme lui prête souvent ses dangereuses illusions.

» Voilà, Paul, le grand motif qui toujours fera repousser par la cour de Rome le mariage de ses clercs. Je sais bien que, pour en déguiser les véritables causes, elle allègue une foule de raisons d'ordre public et de morale. Tantôt ce sont les embarras inévitables de l'entretien et de l'éducation d'une famille, et la nécessité pour les prêtres de consacrer tous leurs instans au saint ministère dont ils sont revêtus ; tantôt c'est l'habitude de respect que le peuple porte aux personnes qui vivent dans le célibat, et dont seraient bientôt dépouillés des ecclésiastiques mariés. Enfin, c'est le secret de la confession sans cesse compromis, et l'abus que le prêtre pourrait en faire dans son intérêt personnel.

» Mais toutes ces objections, d'un ordre très-secondaire, seraient facilement détruites par l'expérience de dix siècles, et même par ce que nous avons chaque jour sous les yeux.

» Ici je m'arrête, car sans m'en douter j'allais, mon cher Paul, vous offrir l'exemple d'un grand nombre de respectables pasteurs de l'église réformée, qui savent concilier tous les soins d'une famille avec ce que la morale de l'Évangile renferme de plus sublime et de plus pur. »

V.

LA FAMILLE.

Or, l'Éternel avait dit : « Il n'est pas bon que l'homme soit seul, je lui ferai un être semblable à lui. »

— *Genèse*, chap. II, ℣. 18. —

Celui qui a trouvé une bonne femme a trouvé un grand bien, et il a reçu du Seigneur une source de joie.

— *Prov. de Salomon*, ch. XVIII, ℣. 22. —

I was ever of opinion that the honest man who married, and brought up a large family, did more service than he who continued single, and only talked of population.

— GOLDSMITH, *the Vicar of Wakefield*. —

La Famille.

J'ai dit que mon frère, après une vie orageuse et remplie de dangers, avait trouvé aux lieux qui le virent naître un bonheur dont le souvenir de son existence passée augmentait encore le prix. Fixé dans cette position sociale aussi éloignée de l'opulence que de la misère, il offrait sans cesse dans la joie de son ame des actions de grâces au Seigneur, qui, après vingt ans de peines et de travaux, lui avait accordé la santé, le repos et l'honnête nécessaire; mais surtout une femme sage et aimante, et des enfans beaux et vertueux.

Depuis quelque temps je vivais extrêmement retiré, et ne quittais presque plus le presbytère; un soir cependant, après une des journées où mon isolement m'avait semblé plus pénible, je fus pour visiter mon frère et oublier un instant auprès de lui le triste abandon dans lequel je languissais.

A mon arrivée, ses enfans, dont l'aîné comptait à peine sept printemps, m'accueillirent avec des cris de joie et se suspendirent à mes longs vêtemens.

Assis au coin d'une vaste cheminée, mon frère se reposait des fatigues de la campagne en fumant dans une longue pipe : « Mets-toi là, » me dit-il en me tendant la main et m'indiquant un siége à ses côtés.

Ma belle-sœur survint bientôt après ; elle a mis tout en ordre dans la maison, elle a distribué la tâche du lendemain, elle peut se reposer aussi ; mais on doit dire d'elle ce que Salomon a dit de la femme forte : « Elle » se lève lorsqu'il est encore nuit, ses doigts » ont pris le fuseau ; elle a considéré les » sentiers de sa maison, et n'a point mangé » son pain dans l'oisiveté. »

Elle s'est donc remise à l'ouvrage ; son pied fait aller le rouet des montagnes ; les enfans ont été se coucher et je reste à causer avec mon frère.

Curieux de comparer l'opinion d'un bon et franc catholique romain avec celle du pasteur, je l'amène sur le terrain de la discussion du célibat des prêtres.

— Je ne comprends rien à tes subtilités théologiques, me dit mon frère, après s'être assez mal défendu, mais j'ai toujours entendu dire que l'homme n'était pas fait pour le célibat, et qu'il était bien difficile qu'un état si contraire à la nature n'amenât pas quelque désordre public ou caché. Le moyen de résister toujours à l'ennemi que l'on porte sans cesse avec soi ? Malheur donc à l'homme qui vit seul ; s'il tombe, personne ne sera là pour lui tendre la main ! J'ignore si c'est servir Dieu que de lui sacrifier tous ses penchans, et s'immoler pour sa plus grande gloire ; mais ce que je sais bien, c'est qu'il a mis en nous un immense désir de bonheur. Or s'il existe ici-bas, sur cette terre que tu appelles une vallée de misères et de larmes, c'est dans le mariage, c'est avec une bonne et tendre épouse telle que le ciel me l'a donnée dans ma Thérèse.

» Vois-tu, mon pauvre frère, j'ai parcouru bien des pays divers; j'ai essuyé sur mon front la poussière brûlante des déserts de l'Arabie, et secoué de mes vêtemens les flocons glacés de la fatale Russie; j'ai combattu l'Anglais, l'Espagnol et l'Autrichien, et partout, lorsque déposant un instant le sabre pour fumer, comme dit notre magister, le calumet de paix ; j'ai pu causer avec les habitans du pays, tous, l'Espagnol superstitieux, le fier Anglais, le noir Égyptien , le rude Moscovite, m'ont dit que l'état le plus naturel à l'homme était le mariage, et que s'il lui était donné d'être heureux, c'est avec une bonne ménagère, de braves enfans, et avec cela du courage, de la santé et du travail. »

Ici mon frère bourra sa pipe, en huma quelques bouffées, puis il reprit :

— Dis-moi, Paul, qui partagera nos plaisirs et nos peines si ce n'est la femme? Qui nous soignera dans nos maladies, qui recueillera dans son sein les mouvemens d'ennui, de dégoût, de découragement qui surviennent même à l'homme le plus fort? J'ai souvent entendu répéter à mon capitaine, qui était un érudit, que la femme était une maîtresse pour un jeune homme, une compagne pour l'âge mûr et une garde pour la vieillesse.

» Je ne parle pas des jouissances indicibles que procurent dans un bon ménage les enfans que le ciel nous envoie. Avec quels délices on se voit revivre dans ces innocentes et chères créatures! Avec quelle douceur on soigne leur bas âge, on fortifie leur enfance, on dirige leur jeunesse!

» Vois-tu, frère, je ne donnerais pas les trois enfans que m'a faits ma Thérese pour toutes les béatitudes du clergé et les trésors entassés dans le Kremlin.

» Et au fait : crois-tu me persuader que dès l'instant que certaines paroles ont été prononcées, il s'est opéré en toi une révolution soudaine, et qu'une fois prêtre tu as cessé, comme par magie, d'être homme?

» Ah! combien ne voit-on pas de ces hypocrites ou de ces fanatiques qui font imprudemment vœu de résister sans cesse à la nature! Pour les punir d'avoir tenté Dieu, Dieu les abandonne. Ils se disent saints et sont déshonnêtes, et pour avoir dédaigné l'humanité ils s'abaissent au-dessous d'elle.

» Ce n'est pas pour toi que je dis cela, mon frère; car je sais que tu es de bonne foi; mais j'en ai connus...

Il est avec le ciel des accommodemens,

» Savaient-ils dire. Ils savaient aussi alléger

un fardeau trop lourd ; et souvent les mêmes lèvres qui....

» Mais que le ciel leur fasse paix. Quant à moi je les plains et leur pardonne.

» Enfin, frère, veux-tu que je te dise ma pensée tout entière ? je suis persuadé que l'homme isolé ne connaît ni le bonheur ni la vertu : crois-en ce que je t'en dis, je t'en parle par expérience. »

*

VI.

UN MARIAGE.

N'avez-vous point lu que celui qui créa l'homme, dès le commencement, le créa mâle et femelle, et qu'il est dit : « Pour cette raison l'homme quittera son père et sa mère, et il s'attachera à sa femme, et ils ne seront plus tous deux qu'une seule chair ? »

— SAINT MATHIEU, chap. XIX, ℣. 4 et 5. —

Que votre source soit bénie ; vivez dans la joie avec la femme que vous aurez prise dans votre jeunesse !

— *Prov. de Salomon*, chap. V, ℣. 18. —

Un Mariage.

Je viens de bénir un mariage! ils sont heureux! Pourquoi leur innocente joie remplit-elle mon cœur de trouble et de confusion? Pourquoi les paroles de mon frère retentissent-elles encore à ma mémoire : « L'homme isolé ne connaît ni bonheur ni la vertu ! »

Pourquoi ne puis-je éloigner de mon esprit le tableau de l'union que mes mains ont consacrée? Je les vois, là, devant moi, à mes pieds. — Ils étaient deux !!

Le jeune homme a vingt-cinq ans ; la jeune fille en à dix-huit : couple charmant ! La candeur, la franchise, le bonheur, brillent dans tous leurs traits. Entourés d'un petit nombre de parens et d'amis, ils entrent dans l'église.

L'air modeste, belle de vertus et de grâces, la future épouse s'agenouille sur le marbre de l'autel ; ses grands yeux bleus sont timidement baissés ; le tendre coloris de la pudeur couvre ses joues et répand sur son visage une beauté toute-céleste. A ses côtés se place le jeune homme ; sa contenance est noble et assurée ; il est fier de son bonheur et ne paraît maîtriser sa joie et ses transports que dompté par le respect du lieu et de la cérémonie.

Derrière, un vénérable vieillard s'avance d'un pas lent mais ferme encore ; ses cheveux sont d'un blanc argenté ; la neige des ans a couvert son front, mais l'orage des passions n'a pas creusé ses joues ; son œil est vif ; sa physionomie douce et calme, et cependant, de sa large main durcie par le travail, il essuie une larme qui vient trahir le cœur d'un père.

Les mains des jeunes gens sont dans les miennes : qu'il m'a fallu alors d'efforts pour vaincre mon émotion, et cacher à tous les yeux les tourmens que j'endurais ! L'anneau qui lie deux existences est au doigt de l'épouse vierge. L'office divin est célébré ; j'implore aux pieds des autels le Dieu qui déjà m'abandonnait ; puis, recueillant toutes mes forces, j'essaie de faire une courte allocution.

Mon texte, pris dans la circonstance même, roulait sur les douceurs du mariage et les droits réciproques des deux époux. Entraîné par tout le charme du sujet, je parlais avec abondance et onction; des pleurs d'attendrissement coulaient de tous les yeux, et forcé moi-même de m'interrompre pour cacher mon trouble, je descends brusquement de la chaire de vérité, et je vais cacher au fond du presbytère et mes pleurs et mon front couvert de rougeur.

VII.

LE FESTIN.

Jusques à quand consulterai-je en moi-même dans le jour? Jusques à quand s'élevera mon ennemi contre moi?

— *Psaume* XIII, ℣. 3. —

Le désespoir s'empare de mon ame.
Eh quoi! jamais, de peur d'un Dieu jaloux,
Je n'obtiendrai des lèvres d'une femme
Les noms si chers et de père et d'époux!

— *La Tentation.* —

.... Ma femme! mon fils! Ces mots-là me sont défendus, la pensée même m'en est interdite : un concile l'a décidé ainsi. — Un concile!!.. Ils se sont levés, ils ont été aux voix, et cinq ou six qui l'ont emporté nous ont condamnés à tout jamais à être... malheureux ou coupables!

— UN PRÊTRE, *la Conversion.* —

Le Festin.

Suivant les simples usages de nos montagnes, j'ai été obligé d'assister au festin célébré par la famille et les amis des nouveaux époux. La joie la plus vive, l'abandon de la confiance et de la vertu, régnaient au milieu de ces bons et simples villageois. Tous avaient de tendres et honorables affections, et tous laissaient librement éclater les sensations de leur ame.

L'amour le plus pur brillait dans les regards des jeunes mariés, et leurs parens, heureux de leur bonheur, encouragaient l'expansion d'un sentiment qu'ils avaient éprouvé aussi, et qui si souvent adoucit les chagrins d'une vie laborieuse et pénible.

Là se trouvaient également Marie et son père; seule, la fille du pasteur était pensive et silencieuse ; seule, elle ne partageait pas la gaieté de ses compagnes, et restait étrangère à l'entraînement général.

Mes regards, qui involontairement étaient sans cesse fixés sur elle, rencontrèrent souvent les siens, et j'y remarquai toujours une expression frappante de mélancolie et de tristesse. J'en éprouvai bientôt un trouble indéfinissable, car je croyais être le seul à ressentir de l'amertume au milieu d'une félicité que je ne devais jamais connaître, à l'aspect d'un bonheur dont le désir même m'était défendu. Cette sympathie que je rencontrais dans un cœur tendre et aimant adoucit l'amertume de mes pensées, en même temps qu'elle me plongeait dans les illusions les plus vagues et les plus dangereuses.

Retiré dans ma cellule, j'étais poursuivi par le bruyant éclat de la fête et par l'allégresse des villageois.

Je voulus feuilleter le livre saint et y trouver des prières; mais tout se brouillait sous mes yeux, et je ne voyais que le bonheur des époux dont j'avais consacré l'union, et les mélancoliques regards de la fille du pasteur.

Accablé de lassitude, je me jetai sur ma couche solitaire, et le démon qui s'était attaché à moi m'y poursuivit encore.....

Le tableau du bonheur domestique se reproduisit à mon imagination embrasée ; j'attache sur celle que mes vagues désirs appellent des regards pleins d'amour et d'ivresse. Son sourire répond à mon sourire ; sa voix répond à ma voix... Je serre dans mes bras mes fils revenant joyeusement de leur travail journalier ; le presbytère, naguère triste et désert, est maintenant plein de mouvement et de vie. Je suis entouré de visages épanouis et de cœurs contens ; l'ordre le plus parfait règne dans ma maison ; la volonté d'un seul règle les devoirs de tous, et l'affection de tous est la douce récompense de mes soins. Honorant à la fois le ciel par mes œuvres et par ma piété, bon époux et bon père, ministre de Dieu et bienfaiteur de mes semblables, jouissant dans toute sa plénitude du libre exercice de mon cœur et de ma raison, chef de famille et prêtre, j'étais devenu l'homme par excellence, créé pour le bonheur et la vertu.

Mais ce bonheur n'était qu'un songe, et en me réveillant je retrouvai ma cellule déserte et le vide affreux qui m'entourait.

Je l'avoue, j'aurais voulu alors refermer les yeux à la lumière : la basse jalousie trouva accès dans mon cœur ; un orage affreux s'éleva dans mon sein ; jetant sur moi des regards d'amertume et de pitié, je m'écriai : Qu'est-ce que ma vie, à moi? Un éternel hiver qui doit glacer le sentiment dans mon ame et les larmes dans mes yeux. Est-il quelque affection, quelque bien qui puisse me survivre et conserver ma mémoire? Non, mon cercueil renfermera tout ce qu'il y eut de moi sur la terre.

Les autres hommes sont heureux et meurent ; moi je souffre et je mourrai aussi...

Le ciel cependant ordonnerait-il les tourmens que j'endure? Que lui en revient-il de toutes mes souffrances? Et moi qui passe sans repos mes jours et mes nuits, faudra-t-il donc combattre et brûler sans cesse? faudra-t-il, pour glacer ce sang qui bouillonne dans mes veines, attendre le froid de la vieillesse ou celui de la tombe?

Telles furent mes pensées : je roulai dans ma tête les projets les plus bizarres et les plus extravagans ; je maudis les hommes et moi-même, les lois de la société et les exigences de la nature, ma funeste imagination et ma lâcheté.

Grand Dieu ! m'écriai-je, votre grâce m'a élevé bien haut, mais je suis suspendu... Si vous m'abandonnez, l'abîme va m'engloutir. O vous qui domptez l'orgueil de la mer et calmez la violence des flots, levez-vous, Seigneur, et venez à mon secours !

VIII.

FÊTE CHAMPÊTRE DANS LES MONTAGNES.

La joie du cœur est la vie de l'homme et un trésor inépuisable de sainteté. La joie de l'homme rend sa vie plus longue.

— *Ecclésiaste*, chap. xxx, ỳ. 23. —

Heureux l'enfant de la nature qui, libre d'un joug étranger, chérit la main féconde qui prépare les délices de l'année! Heureux celui dont les misères et les ennuis n'ont point séché le cœur, qui ne s'est point éteint dans une froide langueur, qui sourit à la douce haleine du zéphir, renaît avec l'ombrage des forêts et s'épanouit avec la fleur des prairies.

— S***, *Rêveries sur l'Homme*. —

Fête Champêtre dans les Montagnes.

A quelque temps de là vint la fête du village. Dès le matin la cloche retentissante a réuni les fidèles à l'église ; les offices sont célébrés de bonne heure pour ne pas nuire aux réjouissances qui se préparent. Les deux communions remplissent à l'envi les devoirs de leur religion, et adorent l'Etre Suprême de bonne foi, quoique d'une manière différente.

Puis au sortir de la maison du Seigneur, les villageois se sont joints, mêlés, confondus; tous n'ont plus fait qu'un seul et même peuple, qu'une seule et même famille.

Au-dessus d'Arvieux on trouve une vaste pelouse appelée le Pré de la foire; bornée d'un côté par le village, elle est entourée de l'autre par un sombre bois de mélèzes : c'est là le théâtre des jeux et des luttes de nos agrestes montagnards.

La fin du brillant mois de mai approchait. Long-temps engourdie, la vierge des Alpes reparaissait dans tout son éclat et sa fraîcheur; un soleil vivifiant avait reculé la zône des neiges ; les prairies étaient émaillées de fleurs, les bois avaient repris leur parure, et une multitude d'oiseaux célébraient le retour de la plus jeune des saisons.

Doux printemps ! époque d'espérance et d'amour, tous les cœurs ont souri à tes premiers beaux jours, et se sont livrés à ton aurore à l'ineffable bonheur d'aimer : seul je résiste à ta magique influence ; seul je n'observe pas avec délices le bourgeon naissant ; je ne respire pas auprès d'une tendre amie la suave haleine du zéphyr, et je ne cueille pas avec elle la timide violette ou le muguet des bois.

Cependant le tambour sonore a fait retentir les échos de nos vallées ; de toutes parts accourent de joyeux villageois, et des bruyans convives garnissent bientôt les nombreuses tables de chêne dressées à une extrémité de la pelouse.

Mon état, ma robe lugubre me défendent de me mêler aux réjouissances ; je veux fuir des plaisirs que mon lâche cœur envie ; je m'enfonce à pas lents dans l'épaisseur de la forêt, et, comme malgré moi, ramené par une force surnaturelle sur la lisière du bois, je m'arrête et me jette tristement au pied d'un mélèze antique, dont les branches vigoureuses prêtèrent autrefois leur ombrage aux premiers habitans de notre contrée.

Mes bras se croisent machinalement sur ma poitrine ; ma tête tombe sur mon sein et mes regards farouches plongent avec avidité sur le vallon qui est sous mes yeux ; complétement masqué par l'épais feuillage, je puis tout voir, tout entendre, sans être aperçu.

Un bruit confus de voix, d'éclats de rire et de chants, se mêle aux préludes discordans d'un violon, d'un tambourin, et au son aigu du fifre des pâtres.

Mais tout à coup le calme se rétablit ; ce rapide mouvement semble s'arrêter comme par magie ; les villageois se groupent aux dernières maisons du hameau ; le tambour aux sons creux a fait un long roulement que les échos répètent au loin ; un silence profond lui succède, et je reconnais la présence des autorités locales revêtues de l'écharpe aux trois couleurs.

On a lu le programme de la fête, les prix sont connus , les jeux vont commencer ; alors de nouveaux cris s'élèvent vers le ciel, alors de nouveaux éclats viennent troubler le silence de ma retraite.

Un cercle se forme en amphithéâtre à une extrémité de la prairie. Les notables de la contrée y sont assis sur la verte pelouse. J'y distingue le vénérable pasteur à la droite du maire, et mes yeux avides cherchent dans la foule sa fille Marie.

Le premier prix consiste en une pièce d'étoffe d'un rouge éclatant ; elle est destinée à la jeune fille qui parcourra un espace déterminé sans laisser échapper une seule goutte d'eau d'un vase placé sur sa tête.

Huit vierges des montagnes se rangent sur la même ligne ; toutes sont tête nue, le cou et les bras découverts ; les unes ont un corset rouge, d'autres vert ou bleu, mais toutes un jupon blanc et court.

Elles partent : vers le milieu de la course, de bruyans éclats de rire m'annoncent que plus d'une a déjà répandu une partie de la précieuse liqueur.

Cependant deux ont dépassé leurs compagnes ; elles vont toucher en même temps au but ; des applaudissemens prolongés soutiennent leurs forces et leur courage : un seul pas les sépare ; bientôt même leurs efforts se confondent, lorsque l'une d'elles, au corset bleu, glisse, et la jeune fille et son vase roulent ensemble sur le gazon. Fière et heureuse, sa rivale arrive au but et reçoit le prix de sa victoire, que célèbrent aussitôt le violon, le fifre et le tambour.

Huit jeunes gens de dix-huit à vingt-un ans se présentent ensuite dans la lice. Quelques-uns ont des rubans à leurs chapeaux ; le sort les a désignés cette année pour défenseurs de la patrie.

Le prix proposé est une montre en argent ; le but à atteindre, un mélèze énorme, éloigné d'environ mille pas et au sommet duquel on voit flotter d'éclatantes banderoles.

Le signal est à peine donné que déjà les montagnards se sont élancés pleins d'impatience et d'ardeur. Tous ont maintes fois poursuivi, dans ces rochers escarpés, le chamois agile. Tous sont forts et vigoureux ; ils se serrent de près, ils se pressent, ils se dépassent.

Deux parviennent les premiers au but ; ils se précipitent en même temps sur le tronc inégal de l'antique mélèze : des cris, des applaudissemens annoncent un débat; le maire accourt ; sa présence rétablit le calme, et l'aveugle fortune fut chargée de prononcer entre des droits égaux.

Cependant le tambour retentissant annonce la troisième lutte.

Le prix, pour le plus adroit, est un fusil de fabrique nouvelle ; il n'a point de pierre, mais par un procédé ingénieux, le coup en est plus sûr et plus rapide.

C'est le ministre qui a fondé ce prix, et sa fille Marie remettra le fusil à l'heureux champion.

Vers le milieu de la pelouse, à une distance de plus de deux cents pas, s'élève un immense sapin dépouillé de son feuillage et de ses branches ; à son extrémité, un aiglon, pris la veille, s'élance dans les airs, mais ramené sans cesse par un lien invisible, il se rabat contre l'arbre, s'agite, s'élance de nouveau et s'indigne d'une entrave à son vol rapide.

Chaque prétendant a deux coups à tirer; tous les villageois sont appelés à concourir. On se presse, on charge les armes, on se les distribue; l'on se place et le feu commence.

Bientôt les échos se renvoient mutuellement le bruit mille fois répété des coups de fusil. La vallée paraît avoir changé de destination; on croirait qu'une troupe nombreuse y exécute des exercices militaires.

Maintes fois l'arbre frémit frappé par le plomb meurtrier, mais l'aigle s'élève sans cesse et semble braver ses impuissans ennemis.

Le chasseur intrépide de la montagne,

le braconnier de nos plaines, à l'œil si sûr ' s'indignent également de leurs vains efforts, et accusent avec dépit l'arme qui, pour la première fois, a trompé leur adresse.

Le bruit, les applaudissemens, les éclats de rire, la fumée de la poudre que le vent porte jusqu'à moi, ont électrisé tout mon être.

Je les connais tous, ceux qui là se succèdent. Comme eux, j'ai abattu le farouche épervier et poursuivi le loup à la gueule sanglante, lorsque libre et heureux, je gardais les troupeaux sur les flancs escarpés de nos montagnes. Comme eux, aujonrd'hui, je voudrais entrer dans la lice et reprendre les jeux de mon enfance.

A plusieurs reprises, poussé par un mouvement irrésistible, je m'élance, ma main saisit avec force un arbre voisin, et je retombe sur le gazon; mes regards ont rencontré la longue robe noire dont je suis couvert.

Cependant le feu s'est ralenti; on appelle un nouveau tireur ; quelques minutes s'écoulent, l'appel est réitéré, et un jeune homme sort de la foule, où, jusqu'alors, il avait été inaperçu.

Sa taille est petite, mais son corps paraît agile et vigoureux; son costume vert, le sabre suspendu à son côté, indiquent un des gardiens de nos frontières, l'effroi des contrebandiers du Piémont. Il s'avance fièrement au devant du cercle, rejette au loin le chapeau à larges bords qui couvre sa chevelure noire et bouclée, et j'ai reconnu un jeune homme de vingt-huit ans qui aime Marie et veut même la demander en mariage.

Oh! pourquoi alors mon cœur fût-il oppressé? pourquoi ma respiration devint-elle inégale et précipitée? pourquoi mes mains se fermèrent-elles avec une contraction nerveuse?

Le jeune homme ajuste; un premier coup est parti, la balle a retenti contre le bois sonore; l'aigle effrayé s'est élancé dans les airs; une seconde flamme brille, et l'oiseau, frappé du plomb meurtrier, retombe sans vie le long du sapin, dont il colore avec son sang les fibres résineuses.

Une salve d'applaudissemens annonce la victoire; Marie s'approche : qu'elle est belle dans sa simple parure! Avec quelle grâce elle remet l'arme au jeune vainqueur, qui la remercie et l'embrasse suivant l'usage.

Mon cœur bat avec une nouvelle violence, mon sang bouillonne, ma tête est en feu, une foule de sentimens tumultueux obscurcissent ma raison, je tombe dans une espèce de léthargie morale, les objets passent devant moi comme des ombres, les yeux fixés sur un même point, je ne vois plus rien ; Marie et le vainqueur de la fête ont disparu à mes regards, je n'entends plus rien, un voile épais semble jeté sur tous mes sens. Je dors et cependant je suis éveillé.

Un instant après, je m'enfonçai dans l'épaisseur de la forêt, portant mes mains en avant comme celui qui cherche son chemin dans les ténèbres.

J'ai parcouru à grands pas les divers sentiers de la forêt ; haletant, couvert de sueur, je me retrouve, par une fatalité inouïe, ramené au point d'où j'étais parti.

Le soleil avait disparu derrière les gigantesques montagnes d'Arvieux ; ses derniers rayons teignaient encore d'une nuance de pourpre les flancs éblouissans des glaciers.

De nouveau assis au pied du mélèze, mes regards incertains se promènent sur le tableau vivant et animé qui est sous mes yeux. Là l'on boit, l'on mange ; ici l'on danse, on court, on fait des rondes ; plus loin les jeux de toute espèce ; partout la gaîté et le bonheur... Moi seul je l'ignore... Moi dont l'ame renferme pour mes semblables des trésors immenses d'affection et d'amour ! Toujours seul ! Je dois traîner une vie languissante et décolorée ! Être incompréhensible, n'appartenant ni à la terre, dont toutes les douceurs me sont refusées, ni au ciel, dont je suis indigne par mes plaintes continuelles et par les désirs coupables qui empoisonnent mon existence.

Cependant les ombres s'épaississent dans les bois, le vent du soir agite le feuillage, et, toujours immobile à la même place, j'y parais fixé par quelque puissance surnaturelle.

Un bruit voisin m'arrache à ma stupeur,

des accens de plaisir et d'amour parviennent à mes oreilles ; ils partent d'un couple heureux qui s'avance directement vers le point où je suis.

Avant qu'ils aient pu m'apercevoir, je m'élance par un mouvement soudain, et, semblable à la bête fauve qui fuit à l'approche de l'homme, je disparais dans la forêt.

La nuit avait depuis long-temps enveloppé la terre de son voile funèbre ; des étoiles brillaient çà et là sur l'immense voûte des cieux, et de légers nuages erraient autour de la cime éclatante de nos montagnes.

Le calme régnait sur la vallée ; à l'agitation et au tumulte avait succédé un silence profond qu'interrompaient par intervalles le cri mélancolique du hibou, et les aboiemens prolongés du fidèle gardien des troupeaux.

Couvert de sueur, accablé à la fois de lassitude et de découragement, je rentrai alors dans le village, me glissant comme une ombre le long des murs grisâtres du presbytère ; et, me réfugiant dans ma cellule déserte, je cherchai dans un léthargique sommeil l'oubli de mes désirs et de mes souffrances.

IX.

TRISTESSE.

Pourquoi, Seigneur, vous êtes-vous retiré loin de moi, et dédaignez-vous de me regarder dans le temps de mon besoin et de mon affliction?

— *Psaumes de David*, x, ℣. 1. —

La nuit laisse toute sa puissance à la douleur et n'affaiblit que la raison.

— MADAME DE STAEL. —

Tristesse.

Depuis quelque temps, affaissée sous le poids de son activité et de ses désirs, mon imagination me laissait assez tranquille ; je n'étais pas heureux, mais je souffrais moins; une espèce de lassitude et d'engourdissement s'était emparé de mon cerveau ; je n'existais plus que de la vie mécanique. — Pourquoi suis-je sitôt sorti de cet état de stupeur et de mort ?

Quel changement nouveau s'est donc opéré en moi ? Dieu tout-puissant, abandonneriez-vous votre serviteur ?

Quoi ! les simples paroles prononcées par cette jeune fille hérétique auraient bouleversé toutes mes idées ?

« Paul, m'a-t-elle dit, Dieu ne commande pas de si grands sacrifices. »

Et vous, mon père spirituel, vous qui m'avez conduit au pied des autels, vous qui m'avez insensiblement amené à prononcer ces vœux sacrés, vous seriez-vous trompé, et m'auriez-vous ensuite trompé moi-même ?

Grand Dieu, vous avez mis dans mon ame l'humanité, la bienfaisance, la profonde piété, vous voulez que je possède ces vertus parce que la société y gagne ; mais que gagne la société aux tourmens que j'endure ? Que lui en revient-il de ma lutte continuelle contre les désirs dont vous avez rempli mon cœur ?...

Mais m'appartient-il à moi de sonder les décrets impénétrables du Seigneur ? et, appelé par lui à servir ses autels, dois-je, misérable créature, me révolter contre sa volonté suprême ?...

..... Il est nuit ; c'est l'heure des douces réunions de famille ; le père est entouré des objets de son affection ; le jeune villageois, après une journée laborieuse, accourt vers celle qui lui est promise pour compagne ; la tendre mère donne des soins à ses jeunes enfans ; tous remplissent le vœu de la nature, tous aiment et sont aimés...

Et moi seul, retiré au fond du presbytère,

je reste là appuyé sur ma table de noyer; devant moi brûle une lampe dont la faible lueur jette une clarté douteuse dans ma sombre cellule. Saint Augustin est ouvert sous mes yeux; je veux lire, mes regards parcourent des pages entières sans que j'aie compris une seule ligne.

Je m'efforce de captiver mon esprit; j'ai pris une plume, je vais travailler à mon sermon de demain... Mes doigts errent sur la feuille; deux heures se sont écoulées... Je n'ai tracé qu'un seul mot... Marie!!!

Quel trouble inconnu s'élève dans mon âme? Quel engourdissement dans toutes mes facultés!... Mes pensées sont sans but : je rêve... A quoi? Je ne sais... Mes désirs sont sans objet; mes pensées errent dans le vague. A me voir ainsi courbé sur le papier, la tête appuyée sur mes deux mains, on me croirait plongé dans une sommeil léthargique, ou l'on me prendrait pour un de ces êtres inanimés qui, dans les églises du quinzième siècle, ornaient les tombeaux des pieux cénobites.

La moitié de la nuit disparaît de la sorte, sans que, livré à ma longue et profonde rêverie, je m'aperçoive de la marche silencieuse du temps.

que, où l'on me prendrait pour un de ces êtres inanimés qui, dans les églises du quinzième siècle, ornaient les tombeaux de pieux cénobites.

La moitié de la nuit disparaît de la sorte, sans que, livré à ma longue et profonde rêverie, je m'aperçoive de la marche silencieuse du temps.

X

ACCIDENT. — LA CHAUMIERE.

Le Seigneur m'a retiré et comme mis au large ;
m'a sauvé par un effet de sa bonne volonté pour moi.

— *Psaumes de David*, XVII, ℣. 19. —

Les douleurs de la mort m'avaient entouré et les périls
du tombeau m'avaient saisi tout faible.

— *Idem*, XVI, ℣ 4. —

Accident. — La Chaumière.

Un instant j'ai cru ne plus appartenir à la terre, mon ame élevée vers les cieux avait en quelque sorte abandonné sa périssable enveloppe.

M'étant égaré dans les bois qui environnent Arvieux, la nuit m'avait surpris dans ma course vagabonde. Le soleil avait disparu pâle et décoloré ; des masses énormes de nuages roulaient dans l'immensité, ballottés par les vents contraires. L'ombre s'épaississait autour de moi ; le tonnerre grondait au loin, et son bruit solennel transmis d'écho en écho ressemblait à la voix de l'éternel au jour du jugement.

De larges gouttes de pluie annonçaient un violent orage ; des éclairs sillonnent la nue et la déchirent en tous sens ; aux sourds et lointains murmures du tonnerre ont succédé les éclats terribles de la foudre, semblables à la trompette sonore à l'heure des vengeances célestes.

Les ténèbres se sont si subitement accrues que je ne distinguai bientôt aucun objet au milieu des noirs sapins qui m'environnent, et dont les branches élevées craquent avec violence.

A la lueur des longs éclairs je cherche à découvrir un sentier; ma démarche est incertaine et chancelante. Tout à coup la terre disparaît sous mes pieds et je roule dans un torrent impétueux dont le bruit effrayant est couvert par le bruit plus terrible encore de la foudre qui éclate à quelques pas de moi. Ma chute dut être considérable, car en un instant je me sentis submergé et entraîné par les ondes écumeuses.

Nul raisonnement humain ne saurait étouffer l'instinct éternel de conservation : moi, naguère si malheureux, si fatigué de vivre pour gémir et souffrir, je m'efforce de ressaisir l'existence qui m'échappe, je me débats dans cette eau qui m'entraîne; par intervalles je reviens à flot; mais l'obscurité est affreuse, et je me sens emporté par le courant avec une rapidité effrayante. Dans ce débat de la nature aux prises avec la destruction et la mort, je suis heurté fortement contre un rocher ; par un mouvement convulsif mes mains saisissent cette pierre humide et glissante et s'y cramponnent avec force.

Alors il me fallut lutter contre tous les élémens réunis ; alors je déployai tout ce que je possédais de courage et de force physique. Sur ma tête la pluie tombait par torrens, une seconde fois les cataractes du ciel semblaient s'être ouvertes ; le tonnerre grondait encore, mais à des intervalles plus éloignés.

J'étais à moitié couché sur le rocher protecteur que mes bras embrassaient avec une force énergique ; le reste de mon corps privé d'appui était ballotté dans l'eau écumante du torrent.

Je sentais mes forces diminuer : une sueur

froide coule sur mon front; je vais défaillir... par un violent et dernier effort je m'élance pour atteindre le faîte du rocher; le plant auquel j'étais accroché cède, et je retombe au milieu des flots furieux...

— Mon Dieu! pardonnez-moi! m'écriai-je, et je crus avoir cessé de souffrir.

J'ignore ce qui m'arriva alors; je ne l'ai jamais bien su. D'abord je perdis le sentiment de l'air et de la lumière, puis aussi celui de l'eau, des ténèbres et de la souffrance. Je n'avais point de pensées, point de sensations; au milieu des pierres que roulait le torrent, j'étais insensible comme elles.

Reprenant mes esprits, je me trouvai couché auprès d'un grand feu et enveloppé d'une couverture de laine. Mes regards étonnés parcourent l'intérieur d'une de ces cabanes, asiles paisibles des habitans de la forêt. Auprès de moi est agenouillée une femme jeune encore, qui semble épier le moindre de mes mouvemens. Plus loin un homme d'un âge mûr, les bras croisés, nous regarde en silence et d'un air d'intérêt, tandis qu'un enfant est occupé à alimenter le feu en y jetant des branches de sapin résineux.

Je voyais toutes ces choses, et cependant je n'étais point complétement revenu à moi : cet état mixte, où les sens sont comme suspendus, n'est pas totalement dépourvu de charmes.

Mais lorsque je fus complétement revenu à la vie, j'oubliai les efforts que j'avais faits pour la conserver ; je ne me rappelais que mon existence remplie de privations et de misères ; et je maudis les soins qui me rendaient le fardeau de mes désirs et de mes souffrances.

—Buvez, me dit la jeune femme ; et d'une main elle soulève ma tête, tandis qu'elle me présente de l'autre une jatte pleine de lait chaud ; je cédai à ses instances, et alors seulement je pus recueillir mes idées et retrouver la parole.

Le bûcheron me raconte comment ayant entendu son chien hurler d'une manière inusitée, il avait présumé quelque événement extraordinaire, et qu'étant sorti guidé de son fidèle gardien, il m'avait trouvé étendu sans vie sur le bord du torrent où les eaux, en se retirant après l'orage rapidement dissipé, m'avaient laissé.

Il me croyait mort.

Cependant à tout hasard il m'avait chargé sur ses épaules et transporté jusqu'à sa chaumière ; là, grâce à ses soins et à ceux de sa femme, j'avais repris mes sens. Tout en exprimant à ces braves gens ma reconnaissance, une idée dominante préoccupait mon esprit ; je voyais le bonheur et la santé sur la figure douce et fraîche de la femme ; la confiance et le calme sur les traits mâles et robustes du bûcheron ; tout autour d'eux annonçait les privations et la misère, et cependant ils étaient heureux. — Que sont les privations et la peine, me disais-je, ils sont deux... — et je suis seul...

Cependant à mesure que je reprenais des forces, je ressentais plus vivement les atteintes cuisantes de la douleur. Tout mon corps était meurtri, et j'avais à la tête plusieurs blessures dont aucune heureusement ne paraissait grave.

Le bûcheron, aidé de sa femme, me place dans le seul lit que renferme la chaumière. Malgré mes instances, la jeune paysanne veut me veiller ; elle s'assied auprès du lit, et ses mains laborieuses ont pris une quenouille.

Le paysan et son fils vont se jeter sur un amas de feuilles sèches, et ne tardent pas à s'endormir d'un profond sommeil.

Moi-même, après de courtes mais ferventes actions de grâces à celui qui tient en ses mains la vie des hommes, je cédai à la fatigue et à la lassitude, et la nature accablée reprit ses droits.

Quand je me réveillai il était grand jour, les rayons du soleil pénétraient à travers les ais mal joints de la porte, un sommeil léthargique avait réparé mes forces, et j'étais en état de regagner ma demeure.

Je voulus alors reconnaître les soins généreux de l'hospitalité ; mais inutilement je cherche à témoigner ma gratitude à ceux qui m'avaient arraché à une mort certaine, ils refusent mes dons, leur travail leur suffit, ils ont la santé, ils s'aiment, et ne connaissent rien au-delà.

Ne pouvant vaincre leur désolante délicatesse, je m'éloignai en répétant d'une voix sombre :

— Ils sont deux, et moi je serai toujours seul....

XI.

DÉSESPOIR.

Seigneur, ne détournez pas de moi votre face, et ne vous retirez point de votre serviteur dans votre colère.

— *Psaumes de David*, XXVI, ℣ 9. —

Dompte, Seigneur, dompte ma chair rebelle;
La discipline a beau ſouetter ce ſlanc,
Sous les anneaux de la chaîne cruelle
L'amour encor ~~fait bouillonner~~ mon sang.

— *La Tentation*. —

Désespoir.

C'en est donc fait ! Telle est désormais mon existence : seul au monde, nul être ne saura jamais tout ce que renfermait d'amour mon ame brûlante, nul jamais ne sera doucement ému par les palpitations de mon cœur.

Jamais, non jamais, les délicieuses attentions d'une épouse tendre et fidèle ne viendront dissiper les nuages amoncelés sur mon front soucieux; jamais, à la fin d'une journée fatigante, sa main ne viendra essuyer la sueur de mon visage; jamais je n'entendrai les cris joyeux de mon fils chéri annoncer mon retour au foyer commun; jamais les innocentes caresses d'une fille, vivante image de sa mère adorée, ne viendront m'arracher délicieusement à de graves méditations; jamais les doux noms et d'époux et de père ne feront tressaillir mon ame et d'ivresse et d'amour.

Et cependant, grand Dieu! Un ménage heureux, une femme, des enfans, sont-ils donc pour un prêtre des crimes si grands que pour y échapper il soit condamné à des tourmens continuels, ou à la honte des désordres et du vice?

Les accens de ce pâtre qui ramène ses troupeaux parviennent jusqu'à moi; il chante, il est heureux....

Ce laboureur actif qui presse le pas lourd et pesant de ses bœufs est heureux aussi à son retour; il ne trouvera pas son foyer solitaire, car il ne vit pas étranger au milieu de ses semblables; il ne consume pas son existence en désirs et en combats, il jouit et mourra.... et moi — je souffre et mourrai aussi...

Tout est donc heureux, hors moi seul... et toujours seul; je rentre et me précipite dans l'obscurité aux pieds de ce Christ que j'offense par mes plaintes insensées; j'arrose la terre de mes larmes, ma main pieusement cruelle frappe mon corps à coups redoublés, mon sang ruisselle, je veux, je crois dompter une nature irritée, je suis dompté moi-même.

Je me roule dans la poussière, j'implore avec sanglots de celui qui sonde et le cœur et les reins, ou la force de vaincre les mouvemens tumultueux, les désirs immenses qui m'agitent, ou la liberté d'y céder... et sur mes lèvres desséchées expire le nom de Marie....

XII.

MARIE.

Lors donc que je veux faire le bien, je trouve en moi une loi qui s'y oppose, parce que le mal réside en moi.

— *Saint Paul aux Romains*, chap. VII, ℣ 21. —

Sur mon grabat entouré de cilices
Je forme en vain de saintes volontés;
Satan, vainqueur de profanes délices,
Poursuit toujours mes yeux épouvantés.

— *La Tentation*. —

Lorsqu'après des journées péniblement employées aux fonctions les plus difficiles de mon ministère, accablé de lassitude, je me jette sur un lit composé d'une planche sur laquelle repose une couverture en laine, là mes paupières brûlantes se ferment.

Mais bientôt l'image adorée de Marie s'offre à mes sens fascinés. Assis tous deux à l'ombre d'un chêne touffu, un clair ruisseau murmure à nos pieds, autour de nous les heureux habitans de la forêt chantent leurs plaisirs et leurs amours.

Marie, la sensible Marie, me sourit avec tendresse et me prodigue les noms les plus doux : ivre de désirs, à genoux auprès d'elle, je sens sur mon front le souffle embaumé de la jeune fille ; mes bras embrassent sa taille svelte ; mes lèvres effleurent ses lèvres de rose....

Malédiction.....

Je me réveille en sursaut ; mon visage est couvert de sueur ; avec effroi je me retrouve dans l'obscurité la plus profonde ; mes mains tremblantes cherchent à mes côtés, et ne rencontrent que ma couche solitaire et le cilice dont mon corps est revêtu.

Dans l'amertume de ma douleur, je m'écrie avec le prophète : — Seigneur, Seigneur, ayez pitié de moi, car vous m'avez abandonné !

Et ma nuit se termine en ferventes prières.

A peine l'aube matinale a-t-elle blanchi le sommet des plus hautes montagnes, que je cours à l'église. Là, à genoux, les mains jointes, le front dans la poussière, je m'humilie devant le Dieu qui est mort pour nous sur la croix, je lui offre mes combats journaliers, mes déchiremens affreux.

Serait-ce une illusion? Je suis plus calme, ma tête courbée se redresse, mes yeux s'élèvent vers le ciel et s'arrêtent sur un tableau de l'Assomption de la sainte Vierge.

Mais quel nouveau vertige s'empare de tout mon être! Mes yeux fixés comme par une force magique ne peuvent se détacher de cette toile; ces figures s'animent à mes regards fascinés; elles se meuvent : Marie s'avance, les autres ont disparu.... Seule la Vierge est restée...

Marie! Marie.... Ah! c'est elle... Ce sont ses grands yeux noirs; c'est sa bouche si fraîche, si jolie... c'est cet ensemble tout céleste...

Elle me regarde, elle me sourit, elle va me parler...

Je tends les bras...

Insensé! Malheureux insensé! tu profanes jusques au saint temple du Seigneur!... et je fuis épouvanté, bourrelé de craintes et de remords...

Souvent, quand la nuit a étendu sur la

terre ses voiles les plus épais, quand tout repose, j'erre seul au milieu des bois et des rochers, je fuis ma couche brûlante où l'image de Marie vient me torturer de mille manières.

Mais au milieu des aspérités d'une nature sauvage, dans l'obscurité la plus complète, je retrouve encore son image adorée.

O force effrayante d'une imagination en délire!

La forêt est éclairée de mille feux, Des groupes de villageois dansent au milieu des arbres; les montagnes d'alentour retentissent des cris d'allégresse et des sons des divers instrumens. A chaque branche des arbres est suspendue une couronne, et des devises variées offrent à chaque pas les noms de Paul et de Marie enlacés avec des myrthes et des roses.

Je voyais toutes ces choses et je m'enivrais.

Puis un violent coup de tonnerre vient détruire tout ce prestige de mes sens exaltés, et je me retrouve me frappant la poitrine, moi — prêtre indigne...

XIII.

DÉSIRS. — CONSCIENCE.

Il vaut mieux être deux ensemble que d'être seul. — Malheur à l'homme seul : car lorsqu'il sera tombé, il n'aura personne pour le relever.

— *Ecclésiaste*, chap. IV, ℣ 9 et 10. —

Ce n'est point un ordre que je vous donne, mais un conseil ; je voudrais que vous fussiez tous comme moi ; mais chacun reçoit du ciel le don qui lui convient. Je dis à ceux qui sont dans le célibat ou le veuvage qu'il leur est bon d'y demeurer comme moi ; s'ils ne peuvent garder la continence, qu'*ils se marient*, cela vaut *mieux* que de brûler d'un feu impur.

— Saint Paul, I *Cor.*, ch. VII, § 6. —

Ce n'est pas celui qui se rend témoignage à lui-même qui sera approuvé, mais celui auquel Dieu rend témoignage.

— Saint Paul *aux Corinthiens*. —

Désirs. — Conscience.

Le célibat, quand il est forcé, est un état contre nature ; en vain je voudrais repousser cette conviction ; en vain je m'enveloppe des raisonnemens les plus captieux ; tout me dit que l'homme n'est pas né pour vivre seul ; philosophie, morale, religion, tout vient corroborer cette grande loi de la nature.

L'homme seul est une anomalie effrayante, un être à charge à la société et à lui-même, car l'homme seul ne saurait jamais être réellement heureux.

Mais enfin telle est aujourd'hui ma position; je suis prêtre, je l'ai voulu, j'ai parcouru plusieurs années qui, semblables à un noviciat, devaient me faire passer par une suite d'épreuves toutes propres à établir la force de ma vocation.

J'ai dû peser toutes les suites d'une pareille détermination; j'ai dû mettre dans une balance, d'un côté, le monde, ses plaisirs, ses attraits; l'humanité, ses besoins et ses faiblesses; de l'autre, un état tout de force, de vertus et de privations.

Mais, est-ce bien ainsi que les choses se sont passées? Le monde m'a-t-il été représenté dans son véritable aspect? Ai-je eu connaissance des séductions de tout genre, des dangers sans nombre qui m'y attendaient? Étais-je prémuni contre moi-même?

N'a-t-on pas au contraire exalté mon imagination, égaré mon esprit, et profité d'une suite d'erreurs et d'illusions pour m'amener à cet entier renoncement de moi-même?

Et aujourd'hui que le sacrifice est consommé, que vais-je devenir? Puis-je, renégat infâme, effrayer l'univers par une apostasie éclatante, ou dois-je mourir à petit feu?...

Car, pense-t-on que le manteau du solitaire soit un bouclier impénétrable? croit-on que cette robe même qui nous enveloppe, nous garantisse de toutes les atteintes du monde, et que les mauvais désirs, les pensées impures, les fugitives illusions ne surprennent souvent les sens les mieux gardés, et ne se glissent dans les lieux les plus sacrés, et jusque dans la vie la plus sainte?

Croit-on que l'homme puisse étouffer sans cesse cet instinct de la nature qui s'exalte par les efforts qu'on fait pour le comprimer; que dans cette lutte inégale entre les désirs et les devoirs, lorsque, par une résistance prolongée, le trouble des passions est porté jusqu'à l'ivresse, il lui soit possible de choisir entre la mort et le parjure? Sa santé sera forcée de succomber, ou le vœu barbare de la continence et de la chasteté sera violé...

Et vous, qui l'exigez, vous qui m'ordonnez d'être plus qu'un homme, ordonnez à mes yeux de ne pas voir, à mon cœur de ne pas battre, à mon sang de ne pas circuler dans mes veines, de ne pas exalter mon imagination, de ne pas porter le trouble dans mes sens fascinés, et, si je ne le puis, vous direz que je suis coupable !

Non, je ne le suis pas; j'en appelle à Dieu même qui voit mes tourmens et mes combats; à ce Dieu qui m'a créé comme ses autres enfans pour vivre et pour souffrir ; à ce Dieu dont je suis le serviteur et le ministre, et qui n'a pas voulu que, pour avoir le droit de le servir, on fût voué à la honte et au malheur.

Mon Dieu ! mon Dieu ! ayez pitié de moi, accordez-moi l'indulgence que les hommes me refusent. Je résisterai aujourd'hui, mais demain mes désirs seront-ils éteints ? Loin de là, ils seront accrus de tous ceux de la veille, et si vous m'abandonnez, je succomberai sous leur poids.

Un homme perd l'objet de ses affections ; mais cette perte, toute grande qu'elle est, n'est point irréparable. Mais moi, mon sort est irrévocablement fixé ; point de famille, point d'épouse ; et si l'image de celle qui mériterait ce titre vient s'offrir à ma pensée, je dois la repousser ou en faire un nouveau sujet de larmes. Grand Dieu ! que ma vie sera triste et longue ! car on dit que l'on vit long-temps dans la douleur. Les jours, les mois, les années s'écouleront : mon existence entière se passera à souffrir ; et ce Dieu, dont la vengeance est terrible, pourra-t-il même me pardonner mes plaintes continuelles ?

Mais, aurais-je tort, et serais-je le seul à éprouver de pareilles tortures ?

Je viens de quitter un prêtre comme moi, curé du village voisin. Il est gras, frais ; son visage vermeil respire la joie et une douce tranquillité. A mon teint abattu, à mes yeux brillans d'un éclat sombre, il m'a demandé avec intérêt si j'avais la fièvre. Oh, oui !

j'ai la fièvre et une fièvre terrible, car son feu me consume et me traîne au tombeau. »

Il ne peut comprendre cet état; heureux, mille fois heureux dans son organisation calme et flegmatique, il est des désirs qui lui seront toujours inconnus; il est des supplices qui ne lui sont point réservés.

Et cet autre! que veut-il dire? Il sourit de pitié au récit de mes combats et de mes souffrances. Puis il ajoute : « Dieu ne nous a point dit, Vous mourrez pour ma plus grande gloire; et d'ailleurs

Il est avec le ciel des accommodemens. »

Quoi! parce qu'une bouche impie a prononcé ce vers sacrilége, moi, l'élu du Seigneur, je justifierais par ma conduite cette opinion des hommes dépravés!

Il m'a en même temps raconté des choses horribles. Non, je ne le croirai jamais.

Le prêtre, ce saint homme que je révérais, serait capable d'une pareille monstruosité ? Quoi ! du voile d'une religion toute sublime il couvrirait les désordres d'un commerce infâme?

. . . Non, non : fuyez, nouvelles suggestions du malin esprit, fuyez, fuyez !

XIV.

DÉLIRE.

Un ſeu brûle dans mes entrailles, sans me donner aucun repos.

— Job, chap. xxx, ℣ 27. —

Lex naturæ cuncta superat confirmatve.

— Hippocr., *De semin. genit. nat.* —

Délire.

A quel point d'avilissement suis-je donc arrivé! Quelle dégradation terrible a subi tout mon être! Oui, je l'avoue à ma honte, la rougeur couvre mon front, des larmes de douleur obscurcissent mes yeux.... Mais la possession d'une femme est devenue pour moi indispensable.

... La vue d'une femme me met dans un

état difficile à décrire ; mon sang s'embrase, mon visage est en feu ; tout mon corps frémit comme agité par un tremblement convulsif ; ma vue est comme fascinée, car tout se colore à mes yeux troublés par la passion ; tout s'embellit des nuances de l'amour et de la volupté ; tout porte au plus haut degré l'exaltation de mes sens.

Je fuis, je m'enfonce dans l'obscurité et le silence, je me prosterne aux pieds de la croix, je veux prier, mais inutilement ; j'essaie de fuir le démon qui m'obsède ; bientôt tous les objets semblent circuler autour de moi comme entraînés par un rapide mouvement. Mes yeux sont éteints et couverts de nuages ; je sens le frisson d'une fièvre brûlante, puis tout mon corps est comme glacé, mes dents s'entrechoquent avec violence, et cette crise se termine ordinairement par des pleurs abondans, et je reste sans force et comme accablé de lassitude.

XV.

MALADIE.

J'ai été assiégé par les douleurs de l'enfer, et les filets de la mort m'ont enveloppé.

— *Psaumes de David*, XVII, ℣ 5. —

Il est un âge où les jouissances physiques de l'amour deviennent nécessaires à tout être bien organisé ; et ce n'est jamais qu'aux dépens de la santé et du repos de la vie entière qu'on peut être fidèle à des vœux de continence perpétuelle.

— *Dictionn. des scienc. médic.* —

Maladie.

Dans les momens d'exaltation et d'enthousiasme, je parvenais par un effort surhumain à soulever le fardeau qui oppressait mon sein; je m'abstenais pendant quelques jours d'aller chez le pasteur; je domptais mon imagination par un exercice violent et par des occupations continuelles.

Tant d'efforts sans cesse renouvelés et combattus épuisaient à la fois mes forces morales et physiques ; et l'instant d'après, incapable de soutenir mon ame à une si grande hauteur, je la laissais retomber sur elle-même, fatiguée de combattre des impressions toujours renaissantes. Je luttais encore, mais comme un athlète vaincu ; c'était en reculant, et chaque jour l'ennemi gagnait du terrain.

Cet état trop violent ne pouvait durer ; je maigrissais d'une manière sensible ; mes yeux éteints se ranimaient parfois pour briller d'un éclat effrayant ; mon teint plombé offrait par intervalles les plus vives couleurs, auxquelles succédait immédiatement une pâleur mortelle.

Je tombai sérieusement malade, puis dans le délire : on me séquestra.

Je dus faire et dire des choses fort extraordinaires, puisque plus tard mon frère lui-même n'osait m'en parler.

Il se répandit dans le public que j'étais inspiré, et que la mère de Dieu m'était apparue.

Ma jeunesse, la force de ma constitution, l'emportèrent sur la violence du mal; je recouvrai la santé.

Quelque temps encore je fus faible, mais calme et tranquille; puis mes forces revinrent et avec elles mes rêveries, mes inquiétudes et mes tortures.

Je voyais très-rarement le pasteur et sa fille; mon caractère s'était aigri; je vivais seul; la vue des gens heureux me faisait mal, ils me semblaient m'avoir dérobé ma part au bonheur; ceux qui souffraient me remettaient en face de moi-même.

XVI.

INCENDIE. — CRIME.

L'iniquité de Jérusalem est devenue plus grande que le péché de la ville de Sodôme, qui fut renversée en un moment, sans que la main des hommes ait eu part à sa ruine.

— *Lamentations de Jérémie*, ch. IV, ℣ 6. —

. . . . . Tombe sur moi la foudre,
Que sous mes pas s'ouvre l'enfer vengeur !
Je suis damné ! Ciel, pourrais-tu m'absoudre ?
Le sacrilége habite dans mon cœur !

— *La Tentation.* —

Incendie. — Crime.

Absorbé un soir dans de profondes méditations, j'en suis brusquement arraché par un bruit effrayant ; le son lugubre du tocsin se mêle aux cris *au feu ! au feu !*

Saisissant à la hâte mes vêtemens, je m'élance hors du presbytère et je cours avec la foule qui se précipite vers un même point : c'est la demeure du pasteur.

L'incendie est terrible ; la maison tout entière est enveloppée de flammes qui s'échappent par les fenêtres et lancent au ciel leurs gerbes étincelantes. Poussé par un vent violent, le feu s'est rapidement communiqué aux maisons voisines ; chacun songe à son propre danger ; la moitié du village est menacée d'une destruction totale ; le trouble et le désordre sont à leur comble.

Cependant le malheureux pasteur, que son grand âge empêche d'agir, tend vers les spectateurs des mains suppliantes ; et, poussant des cris déchirans, il demande que l'on vole au secours de sa fille chérie.... Mais dans cette même chambre où est renfermée Marie, se trouve le foyer de l'incendie qu'une imprudence avait allumé. Les plus intrépides reculent ; l'indécision augmente avec le péril ; je fends la foule, je m'élance et disparais bientôt au milieu des tourbillons de flammes et de fumée.

A travers mille dangers je parviens à cette chambre où l'objet du plus violent et du plus chaste amour, Marie, est étendue sans connaissance. A demi nue, elle s'était arrachée de son lit brûlant et s'était évanouie.

Je la saisis, mon sein palpite avec violence contre le sein découvert de Marie; toutes mes forces sont centuplées.

Cependant le danger est affreux; impossible de retourner par où je suis venu : un instant de retard pouvait nous perdre. Chargé de mon précieux fardeau, je m'élance par une fenêtre de derrière et je parviens sans accident à une terrasse; cette terrasse conduit au jardin, j'y cours et je ne m'arrête qu'au pavillon qui est à l'extrémité. Là je dépose Marie; tout est calme autour de nous, et la lueur rougeâtre de l'incendie perce faiblement le feuillage et colore les pâles joues de la jeune fille. La lune argentée s'élève lentement dans les cieux, et ses rayons doux et vacillans viennent se jouer sur les formes célestes et aériennes de Marie.

Qu'elle était belle alors quoique immobile! Quelle ivresse inconnue s'est emparée de tout mon être? Jamais le moindre contact de la femme n'était venu embraser mes sens déjà trop irritables, et maintenant je suis à genoux auprès d'une vierge; d'un bras je tiens enlacée sa taille divine, de l'autre je cherche à voiler à mes propres yeux mille charmes inconnus, mille beautés nouvelles dont l'illusion de mes rêves m'avait seule fait pressentir l'existence.

Cependant Marie reste toujours immobile; je m'effraie d'un évanouissement aussi prolongé, mon cerveau s'exalte; je crains que sa belle ame ne se soit déjà élancée vers sa céleste patrie. A cette affreuse idée, toute ma raison m'abandonne; j'appelle Marie avec un accent déchirant, je la tire à moi, je la serre avec force contre mon cœur; je voudrais que tout le feu qui embrase mon sang pût passer dans ses veines et ranimer sa vie... Je couvre de baisers brûlans son front, ses yeux, ses lèvres qui, quoique pâles et décolorées, sont entr'ouvertes et semblent sourire encore; j'ose porter ma bouche sur son sein pour en reconnaître les palpitations; je m'oublie; je m'égare.... Le crime est consommé !!! . . . .

. . . .

. . . .

Marie est revenue à elle, son visage couvert de pleurs est penché sur ma poitrine, que soulève encore la plus douce et la plus terrible des émotions. « Paul, qu'avez-vous fait?... » Telle est la seule plainte qui s'échappe du sein de la jeune fille, et cette plainte remplit mon ame de trouble et de confusion.

Me précipitant à genoux, la tête ensevelie dans mes mains qui la pressent avec force, j'implore pardon d'une voix sombre et déchirante.

Cependant de grands cris se font entendre; on appelle Paul et Marie; aux dernières lueurs de l'incendie se mêle l'éclat de plusieurs flambeaux; vingt personnes s'approchent, remplissent bientôt le pavillon et laissent en bruyans transports éclater leur joie de nous retrouver, nous que l'on croyait la proie des flammes.

Le père de ma victime a été un des premiers à accourir ; ce bon vieillard couvre mes mains tremblantes des larmes de la joie et de la reconnaissance : il me nomme le sauveur de sa fille, il m'appelle son fils chéri.

Marie est entourée de femmes qui s'empressent de lui prodiguer les secours qu'exige son état, et s'efforcent de dissiper une émotion qu'elles attribuent au danger affreux auquel elles la félicitent d'avoir si miraculeusement échappé.

Pour moi, vivant d'une vie nouvelle, en proie aux sentimens les plus opposés, ivre d'une sensation indéfinissable et bourrelé de craintes et de remords, je ne pouvais longtemps cacher à tous les yeux le désordre de mes sens, et supporter sans me trahir les témoignages de reconnaissance du vieillard dont je venais de souiller les cheveux blancs ; je me dérobai aux remerciemens du pasteur, et, m'arrachant des mains qui voulaient me retenir et m'embrasser, je fus cacher dans l'obscurité du presbytère mes nouvelles émotions et mes remords.

XVII:

CONFESSION.

Plusieurs se sont laissé séduire à leurs fausses opinions, et l'illusion de leur esprit les a retenus dans la vanité et dans le mensonge.

— *Ecclésiastique*, ch. II, ℣ 26. —

O superstition! tes rigueurs inflexibles
Privent d'humanité les cœurs les plus sensibles.

— VOLTAIRE, *Mahomet.* —

Confession.

Ma nuit fut un délire continuel..... Qui pourra dire les projets bizarres qu'enfanta mon imagination, les résolutions désespérées de mon esprit?.... Le ciel et l'enfer étaient à la fois dans mon ame.

A peine le soleil eut-il doré de ses rayons les crêtes sourcilleuses de nos montagnes que je cours au séminaire d'Embrun. Là, à genoux auprès de celui qui doit recevoir l'aveu de mon crime, ma tête encore s'égare et je m'écrie :

— Dieu tout puissant! donnez-moi à Marie, laissez-moi fuir avec elle; ensevelis dans une profonde retraite, notre vie entière sera consacrée à vous aimer et à vous bénir. »

Enflammé d'une juste indignation, le père R*** s'est levé avec vivacité; ses yeux brillent d'un éclat surnaturel, ses joues sont animées d'une sainte colère.

— Comment, malheureux, me dit-il, tu veux, honte de l'église catholique, apostolique et romaine, renier ta mère! tu veux vivre en concubinage avec une fille hérétique? Tu veux par ton exemple perfide entraîner à l'enfer des milliers d'ames innocentes?.. Paul, dira-t-on, Paul, ce modèle de vertus, de savoir, de religion, Paul est tombé; pourquoi aurions-nous la folle présomption d'être plus forts que lui?

» Malheureux! ne crains-tu pas les remords, les implacables remords? ne redoutes-tu pas l'éternelle vengeance d'un maître irrité? n'entends-tu pas déjà gronder la foudre du Dieu des batailles?

» O mon fils bien aimé! mon cher Paul; toi l'espoir de notre sainte église dans ces temps de persécution et de fausses lumières, crains de succomber aux piéges insidieux de l'éternel ennemi du genre humain. Il n'a pu t'entraîner par l'appât des jouissances mondaines, des plaisirs grossiers; il t'envoie des souffrances morales. Tremble de laisser obscurcir ta sublime intelligence, repousse ces insinuations perfides de l'ennemi des hommes, soit fort, et dis en t'élevant vers le Dieu de David, ainsi que le roi prophète : « J'ai péché, Seigneur, mais votre miséricorde est infinie! »

» Surmonte ce temps d'épreuve, Dieu veut purifier ton ame; il l'a frappe; il veut que, dégagée de toutes les affections terrestres, elle puisse, substance épurée, travailler dignement à sa céleste mission.

» Va, mon fils chéri, va passer cette époque de tribulations loin de ces lieux où l'ennemi de ton salut est armé de tant d'auxiliaires.

» Que ta vie soit désormais une vie toute de force et de gloire, et, digne membre des missions étrangères, cours porter le flambeau de la foi jusqu'au sein des peuplades les plus reculées. »

Telles furent les paroles d'un homme qui exerçait sur mon esprit un empire absolu ; je n'aperçus pas alors tout ce que son raisonnement avait de faux, d'injuste et de cruel : j'étais ébranlé par la superstition, la honte et le remords ; je souscrivis aux volontés de mon impérieux directeur, et ma tête tomba sur ma poitrine, en signe d'obéissance et de résignation.

Je désirais revoir au moins une dernière fois Marie ; le père R*** ne voulut jamais y consentir, et, sans me permettre même de dire adieu à mon frère, il me fait monter dans sa voiture et nous allons chez l'évêque.

Le surlendemain, accompagné de deux autres missionnaires, j'étais sur la route de Paris.

Après une retraite de quelques jours au séminaire de saint-Sulpice, nous nous rendîmes au Havre, où nous nous embarquâmes sur un des paquebots de New-York.

XVIII.

APATHIE.

Ma vie se consume dans la douleur et mes années se passent dans de continuels gémissemens.

— *Psaumes de David*, XXX, ℣ 10. —

. . . Post equitem sedet atra cura.

— HORACE. —

Apathie.

Pourquoi parlerai-je de mes courses, de mes voyages, des divers accidens qui ne faisaient qu'effleurer mon ame? Qu'il suffise de savoir que partout l'image de Marie était présente à ma pensée ; que, continuellement déchiré des remords les plus cuisans, et n'attendant de consolations de personne, je ne pouvais goûter un seul instant de repos. Ajouterai-je qu'aux regrets les plus amers se mêlaient encore les plus coupables désirs, que j'apaisais par intervalles dans des désordres cachés, et qui reparaissaient sans cesse plus terribles et plus violens ?

Six mois s'étaient écoulés de la sorte, lorsque, me promenant un jour sur les rivages de V.... on me remet une lettre portant le timbre de France et qui me parvient par l'intermédiaire du chargé d'affaires près le gouvernement espagnol.

Voici cette lettre; je la transcris tout entière; les caractères effacés par mes larmes seraient illisibles pour tout autre que pour moi.

XIX.

LETTRE.

Elle n'a point cessé de pleurer pendant la nuit, et ses joues sont trempées de ses larmes. De tous ceux qui lui étaient chers, il n'y en a pas un qui la console; tous ses amis l'ont méprisée et sont devenus ses ennemis.

— *Lamentations de Jérémie*, I, ✝ 2. —

Souvent nous ne comprenons pas bien toute notre infortune, le temps se charge de nous l'expliquer.

— L'ABBÉ PRÉVOST. —

Tutto'l dì piango; e poi la notte, quando
Prendon' riposo i miseri mortali,
Trovo m'in pianto: e raddoppiarsi i mali
Così spendo 'l mio tempo lagrimando.

— PETRARCA. —

Lettre.

Marie a Paul.

A l'hôpital d'Embrun, ... 1818.

« Je ne sais positivement où vous êtes ; je ne sais même si cette lettre vous parviendra ; et néanmoins je vais écrire.

» Mon Dieu ! Dieu de mon père, donne

moi la force d'achever ce que j'ai entrepris ! Dieu de bonté, fais que les derniers accens de la pauvre Marie parviennent au cœur de Paul!

» Le lendemain du jour funeste où les flammes auraient dû mille fois me dévorer, il ne fut question que de vous et de la rare intrépidité avec laquelle vous aviez bravé une mort à peu près certaine pour m'arracher au danger.

» On attribuait à la modestie seule votre absence, et chacun, comme à l'envi, faisait votre éloge ; on citait de vous une foule de traits de générosité et de bienfaisance ; la plupart m'étaient inconnus.

» Cependant au milieu de ce concert d'éloges je souffrais comme d'un pressentiment funeste.

» La journée suivante s'écoula, et vous n'aviez point paru : mon père commença à s'étonner; pour moi j'étais oppressée, et vainement je sollicitais le bienfait d'une larme; mes yeux étaient secs et brûlans, mon ame dans une anxiété terrible; je m'élançais involontairement à la porte au moindre bruit qui se faisait hors de la maison.

» Votre absence se prolongeant, vinrent les commentaires; chacun l'expliquait à sa manière, et chaque interprétation était un nouveau supplice pour mon cœur.

» Le temps s'écoulait goutte à goutte; je comptais les heures, les jours, les nuits, et chaque instant qui s'engloutissait dans l'éternité me semblait devoir avancer votre retour. Non, je ne pouvais admettre que vous m'eussiez quittée jamais. Accablée sous une appréhension terrible et que je ne pouvais définir, j'eusse donné la moitié de ma vie pour vous voir, ne fût-ce qu'une minute.

« C'est ainsi que s'acheva lentement le

premier mois; mon père ne cessait de se plaindre de cette longue absence; mais c'était toujours par des mots sans suite, par des exclamations qui paraissaient lui échapper. Un jour enfin votre successeur vint, avec une joie mal déguisée, nous annoncer que vous aviez traversé les mers, et qu'une mission importante avait récompensé vos lumières et vos vertus.

» Mon ame se serra douloureusement à cette fatale nouvelle; je pâlis, puis des pleurs coulèrent malgré moi le long de mes joues, et cependant mon cœur espérait encore que ce ne serait pas.

» — Il n'eût pas dû partir sans nous faire ses adieux, dit mon père : je le regrette; c'était un bon jeune homme.

» Dès ce moment tout bonheur fut détruit pour moi : les jours, les semaines se succédèrent sans apporter le repos dans mon ame.

» Cependant je maigrissais ; je surprenais des pleurs involontaires tomber sur mon ouvrage. Il était survenu dans l'état habituel de ma santé un dérangement qui me surprenait et m'inquiétait en même temps.

» Plusieurs fois mon bon vieux père m'avait adressé avec douceur des questions qui me paraissaient obscures et qui cependant me jetaient dans une grande confusion et une peine extrême.

» Inquiète, tourmentée, ne pouvant expliquer ce malaise qui ne me laissait aucun moment de repos, les songes les plus bizarres et les plus fantastiques me troublant dans mon sommeil, je fus trouver Thérèse, la femme de votre frère.

» Toujours elle m'avait inspiré une grande confiance et témoigné beaucoup d'amitié ; je lui parlai avec abandon ; je lui racontai ce que j'éprouvais, je lui peignis le dégoût qui empoisonnait tous mes alimens, et je lui demandai naïvement quelle pouvait être la cause d'un dérangement semblable dans toutes mes facultés.

» Thérèse m'écouta attentivement, me fit quelques questions, puis prenant un air sévère, oh! un air que je ne lui avais jamais vu : « Malheureuse qu'avez-vous fait, me dit-elle, vous êtes enceinte?.... »

» Que vous dirais-je, Paul? — Mon ame sensible et naturellement timide fut accablé de ce coup affreux ; je ne retrouvai pas une parole, pas une larme... Puis tout à coup, comme poussée par un accès de folie, je fuis, et ne m'arrête que parvenue à ma chambre où je tombe inanimée.

» En revenant à moi, je me trouvai dans les bras de mon bon père; sa voix douce et affectueuse fait tressaillir mon cœur, et je sens ses larmes couler sur mon front.

» O mon père, mon bon père, m'écriai-je, laissez, abandonnez une fille indigne de vous.

» Je m'arrache de ses bras, je tombe à ses pieds que j'arrose de mes larmes ; puis d'une voix entrecoupée par les sanglots, je lui fais l'aveu de votre faute, de la mienne, de ses résultats affreux, car tout cela se développa en ce moment à mon esprit.

» O mon excellent et respectable père, véritable image de la divinité, combien vous fûtes grand et généreux envers votre fille infortunée ! Loin de me repousser, de me maltraiter, vous me prîtes dans vos bras, vous me conjurâtes avec instance de me calmer, vous me prodiguâtes les noms les plus doux, les caresses les plus affectueuses.

» Mon ame était déchirée ; mais ma conscience ne me reprochait rien ; je retrouvai du calme sur le sein de cet excellent père ;

nous nous mîmes tous deux en prières, et nous offrîmes en commun nos souffrances à celui qui est mort pour nous sur la croix.

» A cette époque ma grossesse se développa rapidement; et avec effroi je vis que bientôt il me serait impossible de la cacher aux regards avides des curieux. Déjà je m'étais aperçu qu'on me regardait d'un air étrange; puis l'on souriait avec malice... Hélas! j'étais réservée à toutes sortes d'humiliations.

» Un matin, c'était un jour de prêche, je sentis pour la première fois tressaillir dans mon sein cette innocente créature qui ne verra peut-être jamais son père.

» Je m'habillai avec plus de soin que je ne l'avais fait depuis long-temps, puis je me rendis au temple. Arrivée à la porte, je m'arrête un instant; tout le monde déjà était entré ; je sentis mon courage défaillir ; j'élevai mon ame vers celui qui lit dans nos cœurs et qui distingue l'innocent du coupable ; je m'avançai ensuite aussi vite que me le permit l'état de crainte où j'étais, me dirigeant du côté réservé aux femmes. Je ne sais, mais il me sembla alors que tous les regards étaient tournés vers moi, je rougis, baissai les yeux et fus prendre place au banc où je me mets d'ordinaire ; il était déjà occupé par mes anciennes compagnes ; en un instant il se dégarnit, et je restai seule sur ce banc devenu désert... elles avaient fui à mon approche ....

» Un nuage se répandit alors sur ma vue, je cachai ma tête dans mes mains, et restai immobile, je crois même insensible durant toute la cérémonie.

» Je me retirai seule, les jambes faibles, les joues pâles et sillonnées de pleurs.... et derrière moi des plaintes humiliantes ou des rires insultans.....

» A dater de ce jour, notre existence ne fut qu'une longue suite de souffrances, de malheurs et d'humiliations.

» Altéré par ce qui m'était arrivé au temple, mon pauvre père résolut de n'y plus retourner : déjà depuis l'arrivée du nouveau curé il avait éprouvé des désagrémens, et la plus infâme calomnie avait osé attaquer l'homme le plus vertueux; mon malheur acheva de le dégoûter d'un monde injuste et méchant; il se démit de ses fonctions de pasteur et se résigna à vivre dans la plus profonde retraite.

» Pauvres et malheureux, nous fûmes bientôt seuls, et nous tombâmes dans l'ignorance la plus complète de ce qui se passait autour de nous.

» Que de fois dans les longues soirées

d'hiver, assis tous deux auprès de notre triste foyer, chacun de nous cherchait à distraire l'autre ; nos ames se déchiraient, et un sourire forcé errait sur nos lèvres. Oh ! mon bon vieux père, combien était délicate et généreuse ton indulgence pour ta fille coupable ! Tu me consolais, tu séchais mes larmes ; ta belle ame allait jusqu'à atténuer le crime de Paul....

» Que n'est-il de notre religion, disait-il un jour, et nous pourrions encore être heureux. Il eût pu faire un bon citoyen, ajoutait-il, un bon époux, un bon père, il ne fera qu'un hypocrite, un mauvais prêtre.

» Nous ne sortions plus, mon père ni moi : ma honte était trop visible. Ce genre de vie si contraire aux habitudes de mon père, pour qui l'exercice était un besoin, altéra singulièrement sa santé autrefois si robuste.

» Je surprenais souvent ses yeux baignés de larmes fixés sur moi qui travaillais en silence, et alors, sans m'en apercevoir, des pleurs involontaires coulaient le long de mes joues, et venaient tomber comme de grosses gouttes sur mon ouvrage. Je les séchais bien vite, je prenais un air riant, je sautais au cou de mon bon vieux père, et nous fondions tous deux en larmes.

» Paul, j'arrive au moment où mon existence a été frappée d'un coup mortel. Affaibli par l'âge, miné par un violent chagrin, dont les ravages étaient d'autant plus terribles qu'il s'efforçait davantage de les dissimuler, mon père tombe dangereusement malade, expire peu de jours après dans mes bras. « Mon Dieu ! ayez pitié de ma fille ! » Telles furent ses dernières paroles, et sa belle ame se dégagea sans efforts de sa périssable enveloppe.

» La douleur ne tue que lentement ; j'ai survécu au plus tendre des pères, au plus vertueux des hommes. Hélas ! c'est que déjà mon existence ne m'appartenait plus; déjà le plus fort de tous les liens m'attachait à la vie, chaque jour je sentais croître cette malheureuse et innocente créature que je porte dans mon sein.

» Où trouver de nouvelles expressions pour mes malheurs, de nouvelles larmes pour mes souffrances?

» J'ai vu mourir mon père ; j'ai vu vendre jusqu'au dernier objet de notre modeste mobilier pour subvenir aux frais de sa maladie ; j'ai vu ceux qui se disaient nos amis s'éloigner le blasphème à la bouche. J'ai été abandonnée, délaissée, méprisée, et n'ayant plus une pierre où reposer ma tête ; sans amis, sans parens, seule au monde, je me suis réfugiée dans ces asiles que la froide et insultante pitié élève à l'indigence et à la maladie.

» Paul, je ne ferai aucune récrimination, mais songez à ce j'étais, et voyez ce que je suis devenue ; et puisqu'il vous est possible de réparer une partie du mal que vous avez causé, pourquoi hésiteriez-vous ?

» Je ne puis discuter les raisons politiques qui s'opposent à la reconnaissance de l'enfant dont vous êtes le père : ce n'est pas dans les lois des hommes que j'irai chercher un appui, c'est dans mon ame horriblement déchirée, c'est dans le grand livre de la nature, dans ces lois éternelles, lois antérieures à tous les codes, que Dieu a gravées dans le cœur de tous les hommes.

» Hélas ! Paul, ce n'est pas pour moi que je parle, car je mourrai bientôt, j'en ai l'intime conviction ; mais c'est pour cette pauvre créature qui, en ce moment même, s'agite dans mes entrailles, comme si elle voulait joindre ses supplications aux miennes.

» Malheureux enfant! tu seras repoussé à ta naissance par la société entière; nul ne recevra de toi le doux nom de père; une mère ne te prodiguera pas ses délicieuses caresses; livré à la merci de la pitié publique, nourri du pain accordé à l'indigence, frappé d'un nom réprouvé, nom qui à lui seul est une flétrissure; seul au monde, ne devant jamais avoir ni père ni mère, ni frère ni sœur, tu porteras la peine d'une faute que tu n'as pas commise, tu expieras le malheur de ta mère et le libertinage de celui qui féconda son sein.

» Vous êtes prêtre, direz-vous, et votre existence n'est plus à vous; consacrée à Dieu et à ses autels, vous ne pouvez plus en disposer; un solennel et éternel serment vous lie à jamais à son culte, et vous défend tout attachement terrestre, toute relation étrangère....

» Mais, Paul, vous êtes père! nul raisonnement humain, nulle puissance au monde ne peut effacer de votre front ce caractère sacré : vous êtes père! Il est un être qui est votre chair, votre sang, et qui attend de vous son existence.

» Paul, vous avez tué mon père! vous me conduisez au tombeau; entendez mes cris déchirans; voyez mes larmes; je joins mes mains; je me prosterne à vos genoux; je vous conjure par tout ce qu'il y a de plus sacré parmi les hommes, au nom de la mère qui vous a porté dans son sein, au nom de votre père, au nom de votre Dieu, Paul, sauvez votre enfant, et tout vous sera pardonné.... »

XX.

RETOUR. — DOULEUR.

Mon péché ne m'a point été ôté, mon iniquité ne m'a point été pardonnée; je vais m'endormir dans la poussière du tombeau, et quand vous me chercherez le matin, je ne serai plus.

— JOB, ch. VII, ℣. 21. —

L'abîme appelle l'abîme; vous avez, Seigneur, déchaîné sur moi les flots de votre colère, et toutes les tempêtes élevées et menaçantes ont passé sur moi.

— *Psaume* XLI. —

Retour. — Douleur.

Je suis père !.... Toute autre sensation a disparu devant celle qu'éveillent en moi ces mots, je suis père ! Puissance magique des sentimens vrais de la nature ! je ne souffre plus ; je n'ai plus ni agitation, ni craintes, ni vaines terreurs... Je crois même ressentir moins vivement la pointe acérée des remords, je suis père ! !

Mes pensées, mes désirs n'ont plus qu'un objet et qu'un but ; c'est de voler à Embrun, de tomber aux pieds de Marie, de couvrir de baisers et de larmes cet enfant chéri et sa mère adorée... d'expier mon crime par une vie tout entière de soins et d'amour.

Mais deux mille lieues me séparent de ces objets de mon impatience ! Heureusement le même jour un vaisseau américain mettait à la voile pour les côtes de France ; à prix d'or on m'inscrit au nombre des passagers, et bientôt nous appareillons.

Le vent souffle bien faiblement au gré de mes ardens désirs ; et le regard opiniâtrement fixé sur le même point, je cherche mon heureuse patrie à travers le vaste Océan.

Depuis mon séjour aux Antilles, sommeil, repos, santé, tout m'avait fui ; et pour la première fois, à bord de *l'Helvetia*, le sommeil vient rafraîchir mes paupières brûlantes et faire circuler dans mes veines un baume bienfaisant ; des songes enivrans me placent sous le ciel hospitalier de l'Amérique, je suis aux genoux de Marie, elle me sourit avec bonheur, et allaite une charmante petite fille... Hélas! ce n'était qu'un rêve!

Chaque jour cependant je devance l'aurore sur le tillac; à mon poste, le visage tourné vers le point où dans l'immensité doit être la France, trente fois le soleil a passé sur nos têtes, trente fois les ombres de la nuit ont enveloppé les mers que notre bâtiment sillonne en silence. J'accuse la lenteur de sa marche, et autour de moi j'entends vanter la rapidité et le bonheur de notre navigation. Ah! comme moi ils n'avaient pas une grande faute à réparer, une femme, un fils à sauver!...

Enfin l'on aborde; les longueurs et les formalités du débarquement sont infinies; elles m'impatientent et m'indignent, et il faut s'y soumettre.... Libre enfin, je me jette dans la malle-poste de Calais; je traverse Paris sans m'y arrêter, je passe rapidement à Nevers, Moulins, Tarare, Lyon, Grenoble. Six jours et cinq nuits sont employés à courir de la sorte; à la fin du dernier jour nous découvrons le plateau noirâtre sur lequel est bâtie la petite ville d'Embrun. Mon cœur à cette vue a palpité avec une violence telle qu'il semble vouloir briser son enveloppe; aux portes de la ville tout mon sang s'est glacé; je m'élance de la voiture, je cours vers l'hôpital, je suis introduit; tremblant de crainte et d'espoir, je m'informe.... Peu de mots m'ont instruit de l'épouvantable vérité.

Marie est morte en donnant le jour à un

enfant qui n'a survécu que quelques heures à sa malheureuse mère....

On m'a emporté sans vie.... revenant à moi je me trouve dans une chambre de l'auberge où s'arrête la diligence; je suis couché, mon front est entouré de compresses et de bandages; mes vêtemens épars dans l'appartement sont couverts de sang; un médecin, l'œil attaché sur tous mes mouvemens, tient une de mes mains dans les siennes.

Pour expier lentement mon crime je devais vivre : les soins assidus du médecin, le docteur F****, la nature, l'ont emporté sur des souffrances inouies, sur un délire effrayant.

Faible, languissant et cruellement torturé, j'ai fui les lieux où reposent les restes mortels de l'infortunée Marie. Je me suis réfugié dans la solitude du couvent d'Aiguebelle; mais je n'ai pu me séparer de mes souvenirs et de mes remords; l'ombre de celle dont mon coupable amour a flétri l'existence et que ma lâche fuite précipita dans le tombeau, cette ombre terrible et menaçante est sans cesse devant mes yeux; elle me poursuit sans relâche et jusqu'au sein de la plus profonde des retraites; jusqu'aux pieds des saints autels et au bord de la tombe que mes mains ont creusée, elle fait retentir à mon ame épouvantée ces terribles paroles:

— « Paul, vous avez tué mon père et vous me conduisez à la mort.... »

XXI.

ÉPILOGUE.

And the lord God said, it is not good that the man should be alone; I will make hime an help meet for him,

— *Genesis*, ch. II, ℣. 18. —

L'œuvre la plus sainte de la nature est celle qui nous donne la naissance. La virginité ne nous a pas été donnée pour être toujours gardée; c'est la fleur de laquelle doivent sortir les fruits. Aux charmes du printemps doit succéder la richesse de l'automne. Pierre Dolivier a la confiance qu'il sera bon père, bon époux, bon citoyen : quel chemin de fait pour être bon prêtre!

—*Discours de* PIERRE DOLIVIER, *curé de Mauchamp, à ses paroissiens, en leur annonçant son mariage, le 21 octobre* 1791. —

Epilogue.

J'ai achevé ma tâche, non sans grande peine et sans de cruelles souffrances. De nouveau j'ai sondé la plaie jusque dans sa partie la plus vive, et de nouveau elle a abondamment saigné.

Doué d'une plus grande facilité pour exprimer mes pensées et mes émotions, jouissant d'une plus grande liberté d'esprit, mon ame et mon imagination n'étant point affaissées sous la main de fer du malheur et du remords, j'aurais tracé le tableau de mes déchiremens affreux avec quelque succès; j'aurais rappelé avec plus de force les souvenirs qui me tourmentent; et par la variété des détails, par le charme du style, j'eusse peut-être séduit, entraîné, convaincu. Mais, hélas! je n'ai pu que raconter rapidement ce qui m'est arrivé, ce qui est arrivé à mille autres avant moi, et dire quel sort est réservé à ceux qui nous imiteront.

O vous, jeunes gens, qu'un zèle aveugle entraîne, que l'inexpérience conduit, que de fausses spéculations déterminent; vous tous qui, libres encore, tendez vos mains à des chaînes que la mort seule pourra briser, réfléchissez et tremblez!

Non, Dieu, notre père commun, Dieu, si bon et si juste, n'a point voulu que l'homme fît, pour la plus grande gloire de son nom, abnégation de tous les sentimens de la nature, qu'il étouffât toutes les affections dont il a placé le germe dans son cœur, qu'il devînt son propre bourreau.

Non, Dieu n'a point voulu que, plus malheureux que la bête fauve, qui, dans les bois, trouve un être qui l'aime et répond à sa tendresse, l'homme vécût et mourût seul.

Non, il n'a point voulu que celui dont la bouche doit chanter ses louanges et proclamer les augustes vérités de sa sublime religion, celui dont le ministère sacré est de porter des paroles de paix et de consolation aux souffrans et aux affligés, eût le cœur abreuvé d'amertumes ou déchiré par les remords.

Non, il n'a point voulu que le prêtre, l'élu du Seigneur, fût comme maudit à sa naissance, et que, retranché vivant du nombre des hommes, il parcourût douloureusement sa carrière dans la terrible alternative, ou d'enfreindre ses sermens, et devenir un objet de honte et de scandale, ou de s'éteindre dans la lente agonie des désirs combattus.

« Aimez-vous les uns les autres ; ma loi est une loi toute d'amour, » a dit ce Dieu plein de bonté, et nous, interprétant faussement ses divines paroles, profanant son saint nom, faisant injure à sa céleste miséricorde, nous avons, sur de vaines subtilités, ou sur des motifs peu honorables d'ambition et d'intérêt personnel, érigé en loi inviolable le sacrifice le plus grand qu'il soit donné à l'homme d'imposer à sa faiblesse.

Et vous, législateurs, vous les mandataires du peuple, qui, par vos doctes élaborations, concourez si puissamment à rendre les hommes meilleurs et plus heureux ; vous, à qui il appartient de façonner les lois aux mœurs, de modifier les devoirs de tous sur le progrès des esprits et des lumières, que le cri d'un homme coupable et malheureux par les sermens qu'on lui imposa parvienne jusqu'à vous ; qu'il soit l'interprète de mille autres qui gémissent et pleurent en silence.

Vous le savez, le célibat des prêtres n'est point d'institution divine ; les hommes seuls, dans des temps déjà bien loin de nous, et déterminés par des motifs qui n'existent plus et ne sauraient reparaître, ont soumis à cette inconcevable obligation ceux qui se destinaient au service des autels. Mais, qu'on ne s'y trompe plus, l'hypocrisie, le scandale ou les souffrances, tels sont les trois résultats inévitables de cette obligation au-dessus de la nature humaine.

Vous enfin, jeunes prêtres, novices dans la vie, élevés dans l'isolement et la retraite, ne condamnez pas mes principes et mes aveux, car est-ce à vous à mesurer la force des passions et les tentations du monde? Attendez, attendez comme moi que votre bonheur soit détruit, que la grâce du Seigneur vous ait abandonnés, que les désirs impuissans et la honte soient les seuls hôtes de votre cellule; la douleur et le remords, les convives de votre table; le désespoir, le compagnon de votre couche.

Alors, — levez-vous de ce lit délaissé du sommeil, et jugez-moi!

Notes.

1.

— PAGE 9. —

Depuis long-temps, tout a été dit sur la question qui nous occupe. Dans l'espace de trois siècles, plus de cent écrits ont fait alternativement l'apologie ou la censure du célibat des prêtres; leur lecture prouve évidemment deux choses: que dans ces derniers temps on n'a rien dit de neuf sur cet objet, et que l'intérêt et l'abus du pouvoir peuvent seuls soutenir un réglement de discipline dont l'abolition est depuis si longtemps réclamée.

Voici au surplus la liste de quelques-uns des écrits publiés pour et contre le célibat forcé des prêtres.

CONTRE LE CÉLIBAT.

1521. Contra papisticas leges sacerdotibus prohibentes matrimonium, Apologia pastoris cambergensis, qui nuper, suæ ecclesiæ consensu, uxorem duxit. *Wittembergæ.*

1551. *Stanislai* ORICHOVII de lege cœlibatûs contra Syricium in concilio habita Oratio. Ejusdem Stanislai ad Julium III, pont. max., Supplicationes de approbando matrimonio a se licito. *Basilea.*

1703. *Henrici* FEUSLKINGII Historia clerogamio-evangelica, sive de primo sacerdote marito lutherano. *Wittembergæ.*

1707. Disquisitio historico-theologica quantùm moniales debeant Luthero, etc. *Lubecæ.*

1758. DESFORGES, *chanoine d'Étampes.* Avantages du mariage et combien il est nécessaire et salutaire aux prêtres et aux évêques d'épouser une fille chrétienne. *Bruxelles.*

1770. Della necessità e utilità del matrimonio degli ecclesiastichi. *Fiorenza.*

1789. Lefévre. Lettres sur le célibat des prêtres. *Meaux.*

1791. Mondelli. Dissertazioni ecclesiastiche del sacerdote romano. *Roma.*

1791. Kats, *curé.* Tractatus de conjugio et cœlibatu clericorum. *Vienne.*

7750. Dissertation théologique sur le péché du confesseur avec sa pénitente. *Gênes.*

1761. Dugnoni. Nova raccolta d'opuscoli scientifichi e filologichi. *Venezia.*

1783. *Georgii* Calixtii de conjugio clericorum. *Helustadii.*

1783. Veri. Storia di Milano, tom. I. *Milano.*

1780. Gaudin, *oratorien.* Inconvéniens du célibat des prêtres.

1800. Morardo. Del culto religioso e de' suoi ministri Pensieri liberi. *Torino.*

1800. Agier, *Président.* Du mariage dans ses rapports avec la religion et les nouvelles lois de la France. *Paris.*

1800. D^or^ Giddes. A modest Apology for the catholics of Great-Britain. *London.*

1801. J. A. Gregg. Hierogamy, or un Apology for

mariage of roman catholic priest, without a dispensation. *London.*

1801. Gaudin, *oratorien.* Inconvéniens du célibat ecclésiastique.

1801. D^or^ Milner. Letters to a prebendary. *Winchester.*

1803. Lebreton, *membre de l'Institut.* Accords des vrais principes sur la constitution civile du clergé de France.

1806. *Abbate* Tamburini. Lezioni di filosofia morale e di naturale diritto. *Pavia.*

1808. De l'institution du célibat dans ses rapports avec la religion, les mœurs et la politique. *Paris.*

1809. *Mistress* Hannah More. Cœlebs in searcch of a wife. *London.*

1806. Allgemein litteratur zeintung-halle.

1807. Correspondance de deux ecclésiastiques catholiques sur la question de savoir s'il est temps d'abroger la loi du célibat des prêtres. *Tubingen.*

1831. Mermilliod. Plaidoyer en faveur du mariage civil des prêtres. *Tribunal de Paris.*

1831. Paulin. Du célibat religieux dans son origine et dans ses conséquences, par un ancien magistrat. *Paris.*

POUR LE CÉLIBAT.

1505. De continentia sacerdotum sub hâc questione novâ : Utrum papa possit cum sacerdote dispensare ut nubat. *Parisiis.*

1564. Martini Cromeri Orichovius, sive de conjugio et cælibatu sacerdotum Commentatio. *Colonia.*

1567. RENÉ-BENOIT. Remontrances aux prêtres, religieux et moines, qui, sous prétexte d'un mariage licite, ont commis abominations, incestes, sacriléges, etc. *Paris.*

1605. Speculum concubinariorum sacerdotum, monachorum, clericorum. *Cologna.*

1706. *Joannis* GERSONII Opera.

1761. Apologie du célibat chrétien. *Paris.*

1792. CHARRIER DE LA ROCHE, *évêque de Rouen.* Examen du décret de l'assemblée constituante du 23 août 1791.

1798. Fisty reasous or motives why the roman catholic religion. *London.*

1805. Vera idea del matrimonio. *Torino.*

1825. Cobbet. History of the protestant reformation in England and Ireland. *London*.

1826. Grégoire, *ex-évêque de Blois*. **Histoire du mariage des prêtres en France**, *Paris*.

2.

— PAGE 17. —

Excursion au couvent des trappistes d'Aiguebelle (*Drôme*).

. . . A une demi-lieu de Montelimart, je quittai la route de Nyons pour prendre sur la droite un sentier qui conduit sur un plateau élevé couvert de bruyères. Il était alors cinq heures et demie ; les rayons inclinés d'un soleil d'automne parsemaient le paysage de vives clartés, et d'ombres gigantesques que projetaient les bois et les rochers. Je presse les pas de mon cheval ; je m'enfonce dans une gorge étroite ; bientôt le sentier gravit de nouveau une colline escarpée à travers des bruyères plus touffues et plus élevées. Je marchai ainsi pendant un quart d'heure ; mais déjà le soleil avait disparu sous l'horizon ; d'épaisses vapeurs couvraient les bois et les prairies, et sur le sommet de la colline les ombres apparaissaient confuses et fantastiques. Je jette des regards inquiets autour de moi ; rien n'indique l'habitation des hommes : j'avance quelques pas encore ; le chemin, après avoir fait un coude, descend rapidement. J'aperçois alors un petit clocher, puis un corps considérable de bâtimens dans le site le plus agreste et le plus sauvage. Un torrent coule au devant ; je le traverse sur un pont de pierre, et me voilà au bout de ma course. Pourquoi éprouvai-je en ce moment une espèce de saisissement ? L'homme du monde ne peut-il, sans la profaner, visiter la retraite de ces pieux cénobites ? Ma main est à la clochette qui retentit dans l'intérieur. Un homme d'une taille élevée, revêtu d'une longue robe brune, me reçoit ; une épaisse barbe grise tombe sur sa poitrine, ses yeux sont ombragés de noirs sourcils.

« Que demandez-vous ? — L'hospitalité pour cette nuit. — Avez-vous un passeport ? — Oui, mon père. » Un instant je crus que le couvent avait changé de destination. Je remets mon passeport; le portier à longue barbe l'examine un instant, puis me permet d'entrer. Me voilà dans une vaste cour entourée d'écuries et de hangars. D'un geste mon guide m'indique le lieu où je dois placer mon cheval; je l'y conduis, puis, suivant le moine devenu muet, je pénètre avec lui sous un corridor voûté. Arrrivés à une espèce de pas-perdu, il me fait asseoir sur un banc de pierre adossé à une muraille humide, et me fait signe de ne pas bouger. Des fantômes gris, blancs, bruns, passent et reviennent en silence. Je considère attentivement les objets qui m'environnent. Les murs sont couverts de sentences en grosses lettres; toutes ont trait à la mort et à l'avenir réservé au juste et à l'homme repentant.

Cependant un quart d'heure s'est écoulé; un père revêtu d'une robe blanche approche à pas lents; il se prosterne à mes pieds; son front touche la pierre froide; puis après un court recueillement, il se relève et me fait signe de le suivre.

Nous voilà dans l'église; le religieux me présente l'eau bénite avec un goupillon, et s'agenouille sur le parvis de l'autel; devenu docile et dompté par l'exemple, je m'agenouille à ses côtés. Quelques minutes après, nous nous levons, et nous passons dans une chambre latérale. Là le trappiste me fait placer sur une stalle, reste debout devant moi, et prenant l'imitation de Jésus-Christ, il en lit quelques versets; cela fait, il me conduit dans un parloir dont les murs sont couverts de saintes gravures et de passages des écritures dans le genre de ceux-ci :

« Il périra ce corps mortel et je n'oublie rien » pour le conserver. — Disons maintenant avec » fruit *tout passe*, de peur que nous ne disions » inutilement à la mort *tout est passé*. — Chacun » peut dire *j'étais hier*, personne ne dira *je serai* » *demain*. »

Mon guide m'avait quitté, et j'étais involontairement plongé dans les réflexions qu'élèvent toujours en nous le calme et la solitude, lorsque je fus tiré de ma rêverie par les pas lourds et cadencés du père hôtelier. Il est jeune, gras et frais; une barbe rousse d'un pouce de longueur garnit son double menton; il prend un gros livre et y lit les articles du réglement qui concernent les étrangers, et m'adresse ensuite quelques questions sur le but de ma visite.

Dans l'intervalle, un frère convers apporte ce qui doit composer ma collation : des herbes, des pruneaux, des figues, du pain noir et du vin. Mon appétit, aiguisé par la course, me fait trouver délicieux ce frugal repas ; puis je vais à la prière du soir.

Du haut de la tribune où je suis placé, je ne puis rien distinguer au milieu des ténèbres qui m'environnent. Une seule lampe brûle au fond de l'église et jette une clarté douteuse.

A sept heures et demie l'on se retire ; la chambre n° 7 m'est assignée ; il y a deux petits lits environnés de rideaux en toile bleue. L'un de ces deux lits est occupé par un ecclésiastique de 50 à 60 ans ; nous nous saluons en silence, et bientôt chacun de nous s'abandonne au repos.

Vers une heure et demie du matin les chants des moines m'ont réveillé ; je m'habille à la hâte ; une soif ardente me dévorait, mon sommeil avait été agité ; ma nuit mauvaise ; j'avais rêvé à des cérémonies bizarres auxquels je prenais part comme malgré moi ; cependant la fraîcheur de l'air rendit du ton à mes organes, et dissipa le malaise que j'éprouvais. Je m'enveloppai de mon manteau, et, guidé par les chants, je parvins à l'église.

La même salle qui la veille était dans l'ombre est aujourd'hui éclairée par un nombre suffisant de lampes placées au-devant d'énormes in-folio.

Je compte vingt moines le front nu, la barbe longue, la figure pâle, revêtus de robes en laine blanche, à capuchon pointu, à manches amples,

Immobiles, on les prendrait, dans les momens de silence, pour ces statues en marbre blanc sale qui, dans les églises gothiques, représentent des saints.

Dans une des nefs latérales, séparés des pères, se trouvent trente frères environ, vêtus de noir, agenouillés ; ils prient dans l'ombre et le silence.

Tout est grave, tout est sévère autour de moi; tout porte l'ame aux plus sublimes méditations.

Cependant mes paupières s'appesantissaient; deux heures s'étaient écoulés depuis que je suis là, immobile, à suivre les chants et les mouvemens des religieux : je me retire et vais de nouveau me jeter sur ma couche solitaire.

A cinq heures, le père hôtelier entre dans ma chambre, me salue affectueusement, et me prévient que le service divin sera célébré à sept heures.

Je descends à ce qu'on appelle le *Jardin des étrangers ;* c'est un parallélogramme de vingt mètres de long sur dix-sept de large, divisé au milieu en compartimens, où l'on aperçoit quelques fleurs rares produites à regret par un sol ingrat.

A sept heures, la cloche appella à l'église les silencieux habitans d'Aiguebelle.

J'ai repris ma place à la tribune réservée aux personnes étrangères à l'établissement.

L'autel est masqué par un grand rideau, de telle sorte qu'on n'aperçoit pas l'officiant; à l'élévation seulement on entr'ouvre ce rideau pour le refermer immédiatement après.

Après le sacrifice offert au Dieu mort pour les hommes, une voix s'est fait entendre; un moine commence l'immuable prière que jadis adressait au ciel un roi repentant. Puis à cette voix solitaire succède un bruit confus de voix qui bientôt s'éteint, se renouvelle et s'éteint encore, semblable à celui de ces longs flots qui expirent et se représentent sans cesse sur le rivage.

Dans le cours des psaumes un des pères s'est trompé et entonne le verset avant son tour; aussitôt il sort du rang, se couche la face contre terre, et ne se relève qu'à un signal du supérieur.

Rien d'ailleurs d'extraordinaire, si ce n'est qu'à la fin de la messe, à la prière pour le roi, ils disent simplement : *Domine, salvum fac regem*, sans ajouter le nom du prince régnant.

A dix heures le père hôtelier vient me chercher pour visiter la maison; chemin faisant, je lui adressai plusieurs questions sur les punitions en usage; selon lui ce sont des contes absurdes que ces histoires de prisons et d'oubliettes que l'on se plaît à répandre dans le public. Pour les fautes les plus graves, qui, il faut le dire, sont excessivement rares, c'est la discipline que l'on s'applique soi-même en plein chapitre.

L'ensemble des bâtimens forme une masse irrégulière, dont l'église est à peu près le centre.

Le cimetière est carré ; il est entouré de galeries surmontées d'un étage où sont les dortoirs. Chaque tombe est marquée d'une croix. Les pères trappistes sont à Aiguebelle depuis dix ans, et j'ai compté près de trente croix, ce qui donne trois morts par an, sur une population qui n'était que de sept individus la première année, et se compose aujourd'hui de vingt-cinq pères et de trente-cinq à quarante frères.

En parcourant ce champ de repos, dernier asile des malheureux trappistes, je n'ai pu me défendre d'un sentiment de tristesse en songeant à l'exaltation qui porte quelques hommes à abréger, par des austérités cruelles, le bienfait de la vie qui nous a été accordé par le souverain maître de toutes choses.

Livré à ces réflexions, je suivais machinalement mon guide qui m'en arracha brusquement pour me faire remarquer les dortoirs : ils se composent de deux rangs de lits, le long de plusieurs chambres ; ces lits sont séparés par des rideaux en toile grise. A un pied de terre, supportée par quatre pieux, repose une planche : sur cette planche est une couverture pliée en quatre, et un sac rempli de paille pour oreiller. Telle est la couche sur laquelle le malheureux trappiste, mort au monde, vient reposer ses membres épuisés par le jeûne et la prière.

En sortant du dortoir, nous entrons au vestiaire; je parcours avec intérêt ces ateliers où les religieux fabriquent eux-mêmes toutes les parties de leur habillement : grande robe à longues manches, capuchon pointu, pantalons à pied, le tout en grosse laine cordée, tissée, travaillée dans la maison; une ceinture en cuir, à laquelle pend un chapelet, voilà toute leur parure. La robe, blanche pour les pères, est brune pour les frères convers; ceux-ci portent en outre la barbe fort longue, tandis que celle des pères n'a qu'un ou deux pouces.

L'église, à laquelle nous sommes ensuite allés faire une station, est aussi simple que possible; pas le moindre ornement ne décore ses murs grisâtres, mais on y trouve un grand nombre de pensées sur notre dernière heure.

J'ai fini ma tournée par une visite chez le révérend père Etienne, supérieur de la maison. C'est un aimable vieillard à barbe blanche, au regard vif, au teint animé; son costume est en tout semblable à celui des autres pères, seulement il porte, pour marque de sa dignité, un anneau surmonté d'une pierre.

Les murs de son petit cabinet sont revêtus d'étagères chargées de livres poudreux; quelques cartes garnissent le fond de l'appartement.

Après les complimens d'usage le supérieur a répondu avec beaucoup d'obligeance aux diverses questions que je lui ai adressées sur son établissement.

Les religieux sont aujourd'hui (1827) soumis à une surveillance très active de la part de l'autorité ; ils ont souvent la visite du sous-préfet de Montelimart et surtout des gendarmes de Grignan. Nul étranger n'est admis sans produire son passeport ; un registre est destiné à recevoir leurs noms, leur arrivée et leur départ.

En 1816, le père Etienne et cinq autres achetèrent le local actuel d'Aiguebelle, qui avant 1789 était une abbaye de joyeux bénédictins ; insensiblement ils y joignirent les terres environnantes, de telle sorte que l'établissement possède, aujourd'hui pour 80,000 fr. de biens-fonds, qu'ils exploitent eux-mêmes. Cependant leurs revenus sont bien loin de leur suffire ; ils se voient forcés d'aller à la quête.

Ils accordent très-volontiers l'hospitalité aux étrangers, et n'exigent rien pour salaire, mais ils reçoivent à titre d'aumône ce que l'on veut bien leur donner.

Il vient souvent des étrangers à Aiguebelle ; mais principalement des ecclésiastiques qui choisissent cette profonde retraite pour se recueillir pendant quelque temps, et s'armer de nouvelles forces pour de nouveaux combats ; ils ne sont point assujétis aux règles sévères sur le jeûne et les autres pratiques du couvent ; mais ils font toujours maigre, et, durant tout leur séjour à la Trappe, il ne leur est point permis de sortir de l'enceinte du couvent.

Tout en écoutant avec un véritable plaisir le révérend père Étienne, je ne pus m'empêcher d'admirer en lui cette facilité d'élocution, cette élégance de manières qui semblent n'appartenir qu'à l'homme du monde ; je prolongeai ma visite, et je mis à profit l'obligeante urbanité du pieux solitaire.

C'est ainsi qu'entre mille choses j'appris que la souche des trappistes, située dans le Perche à quatre lieues de Mortagne, vient de l'abbaye de Citeaux, fondée en 1098. Les quatre grandes succursales d'où sont sorties toutes les autres maisons, sont ;

Clairvaux, près Langres, fondée en . . 1115.
La Ferté, près Châlons-sur-Saône en . . 1113.
Pontigny, près d'Auxerre, en . . . 1114.
Morimond, près Langres, en . . 1115.

C'est de cette dernière que sortent les premiers trappistes d'Aiguebelle.

En 1662, le célèbre abbé de Rancé, premier aumônier de Jean-Gaston de France, duc d'Orléans, se retira à la Trappe, où il établit l'étroite observance de la règle de S. Bernard, qui s'y est maintenue jusqu'à nos jours.

Voici, à peu de différences près, quelles sont les habitudes de toutes les maisons de trappistes.

Les religieux se couchent en été à 8 heures, et en hiver à 7 heures; ils se lèvent la nuit à 2 heures pour aller à matines, ce qui dure jusqu'à 4 heures et demie. Une heure après il disent prime, et se rendent ensuite au chapitre. Sur les 7 heures ils vont à leurs divers travaux jusqu'à 8 heures et demie, où l'on dit tierce, la messe et sexte. Après cela ils reviennent dans leurs chambres, vont ensuite chanter none, et se rendent au refectoire à midi.

Après le repas ils retournent au travail du matin; à 6 heures ont dit complies : à 7 heures on sonne la retraite; chacun se couche sur des ais où il y a une couverture en laine et un oreiller rempli de paille. — Quelques établissemens y ajoutent une paillasse piquée. — Ils prient, ils mangent, ils travaillent, ils se couchent en silence et sans aucun entretien les uns avec les autres.

Cependant le temps a fui : il est midi, la cloche appelle au réfectoire les sobres et affamés trappistes; je m'y rends avec eux. Une véritable tête de mort distingue la place du révérend père Etienne, en signe d'honneur on me mit à sa droite.

Ainsi qu'à tous l'on m'a servi une soupe de pain noir et de pommes de terre, plus quatre pommes de terre cuites à l'eau, un peu de sel sur un morceau de bois, un gros morceau de pain, et par exception du vin de Provence.

Cuiller, fourchette, écuelle, verre, tout était en bois. Pendant le repas un des pères lit à haute voix la vie des saints anachorètes ; et mes regards se promenaient sur tout ce qui m'environnait. Des sentences écrites en grosses lettres sur les murs sont toutes analogues à la destination du réfectoire ; je remarquai entre autres celles-ci :

Bona est oratio cum jejunio.

Bonum est non manducare carnem neque bibere vinum.

Je ne citerai pas davantage, car chacun sait comment s'appelle ce latin-là.

Tous les capuchons des religieux étaient abattus ; et je ne pouvais voir les figures. Un des pères prit son repas à genoux au milieu de la salle.

Peu après le commencement du repas, le père Etienne agita sa sonnette ; aussitôt les mâchoires entr'ouvertes s'arrêtèrent comme par enchantement ; un nouveau coup leur rend bientôt leur activité. Trois fois la sonnette essaya son pouvoir avec un égal succès.

Les meilleurs comme les plus mauvais dîners ont une fin. On abandonne le réfectoire ; les pères vont se livrer à leurs tristes et habituelles occupations, et moi je me disposai à m'éloigner de leur silencieux séjour.

C'est en traversant, pour ne plus les revoir, ces sombres et humides corridors, que je fus accosté par le religieux dont j'ai publié le manuscrit. — Le père hôtelier qui m'avait précédé revint bientôt sur ses pas et me conduisit jusqu'à la porte du couvent, où mon cheval m'attendait.

Pour la seconde fois le moine inclina son front dans la poussière, et se relevant lentement, « Allez en paix », me dit-il, et la porte se referma lourdement sur moi.

Je m'éloignai alors au grand trot en réfléchissant à l'existence inutile et décolorée de ces hommes poursuivis par les remords, ou tourmentés de vapeurs mélancoliques et religieuses. — Je gémissais sur la folie de ces insensés qui, oubliant que Dieu est le plus miséricordieux des pères, ne voient en lui qu'un juge irrité. Je plaignais l'égarement de ces hommes qui, méconnaissant la destination d'une religion d'indulgence et de douceur, ne l'envisagent que comme une occasion de pratiques ridicules et absurdes, et d'austérités qui abrègent la vie en révoltant à la fois l'humanité et la raison.

3.

— PAGE 57. —

En 1563, au concile de Trente, le cardinal de Lorraine, l'évêque de cinq églises, et les plénipotentiaires de l'empereur Ferdinand et du duc de Bavière, présentèrent, en faveur du mariage des prêtres, un mémoire des théologiens catholiques de France et d'Allemagne. Mais Philippe II, de concert avec Pie IV, fit échouer le projet des réformateurs, et le concile fulmina l'anathème contre quiconque dirait qu'un prêtre peut prendre femme.

Voici le texte de ce fameux arrêt qui condamne à jamais les prêtres romains aux souffrances ou au parjure :

CONCILE DE TRENTE. — XXIVe SESSION.

11 novembre 1563.

« Si quelqu'un dit que les ecclésiastiques qui sont dans les ordres sacrés, ou les réguliers qui ont fait profession de solennelle chasteté, peuvent contracter mariage, et que, l'ayant contracté, il est bon et valide, nonobstant la loi ecclésiastique ou le vœu qu'ils ont fait; que de soutenir le contraire n'est autre chose que de condamner le mariage, et que tous ceux qui ne se sentent pas le don de chasteté, encore qu'ils l'aient vouée, peuvent contracter mariage, qu'il soit anathème! »

Les légats furent en outre blâmés d'avoir permis qu'on disputast de cet article, lequel était jugé grandement dangereux, attendu que c'est chose évidente que, si le mariage était permis aux prestres, il adviendrait que tous tourneraient leur affection et amour à leurs femmes et enfants, et par conséquent à leur maison et patrie, et par là cesserait l'estroite dépendance que l'ordre clérical a avec le siége apostolic, et que d'octroyer le mariage aux prestres estait autant que de destruire d'un tour de bras la hiérarchie ecclésiastique, et réduire le Pape à n'estre plus que Evesque de Rome.

— *Histoire du Concile de Trente sous Pie IV,* liv. VII. —

FIN.

[illegible] et que consequemment à cette maison et patrie ; et par là [illegible] l'estroite dépendance que
l'ordre clérical [illegible] le siège apostolique, et qu'
[illegible]
que de destruire [illegible] le bien [illegible] ecclésiastique, et réduire le Pape à n'estre plus
que Évesque de Rome.

Histoire du Concile de Trente sous Pie IV, liv. VII.

FIN.

TABLE.

—

www.ingramcontent.com/pod-product-compliance
Lightning Source LLC
Chambersburg PA
CBHW070514030726
47503CB00004B/1264
* 9 7 8 2 0 1 9 5 7 1 1 7 7 *